Le Malade imaginaire

ÉTONNANTS • CLASSIQUES

MOLIÈRE

Le Malade imaginaire

Présentation, notes, chronologie et dossier par
LOÏC MARCOU,
professeur de lettres

GF Flammarion

Le théâtre dans la même collection

CARRIÈRE (Jean-Claude), *La Controverse de Valladolid*
CORNEILLE, *Le Cid*
GRUMBERG (Jean-Claude), *L'Atelier*
HUGO, *Ruy Blas*
Le roi s'amuse
JARRY, *Ubu roi*
La Farce de maître Pathelin
La Farce du Cuvier et autres farces du Moyen Âge
LABICHE, *Un chapeau de paille d'Italie*
MOLIÈRE, *L'Avare*
L'École des femmes
Les Femmes savantes
Les Fourberies de Scapin
George Dandin
Le Médecin malgré lui
Le Médecin volant. La Jalousie du Barbouillé
Les Précieuses ridicules
MUSSET, *Il faut qu'une porte soit ouverte ou fermée. Un Caprice*
On ne badine pas avec l'amour
PIRANDELLO, *Six Personnages en quête d'auteur*
ROSTAND, *Cyrano de Bergerac*
SHAKESPEARE, *Macbeth*
Roméo et Juliette
TCHÉKHOV, *La Mouette*
Une demande en mariage et autres pièces en un acte

Édition revue, 2007.
ISBN : 978-2-0812-0944-2
ISSN : 1269-8822

SOMMAIRE

PRÉSENTATION

Une vocation d'homme de théâtre

Lorsqu'il naît à Paris en janvier 1622, Molière semble avoir une vie toute tracée : une existence bourgeoise de commerçant aisé s'ouvre à lui. De son vrai nom Jean-Baptiste Poquelin, il est en effet le fils de Jean Poquelin, un tapissier parisien qui a pignon sur rue et qui connaît son heure de gloire en achetant en 1631 la charge de « tapissier ordinaire et valet de chambre du roi », titre honorifique, source de prestige et de considération. Le futur Molière, qui fait ses classes à Paris, au collège de Clermont (actuel lycée Louis-le-Grand), devrait donc tout naturellement succéder à son père et suivre la carrière d'un riche négociant. Pourtant, d'autres préoccupations le détournent peu à peu du commerce. Fasciné par le théâtre, depuis que son grand-père maternel, Louis Cressé, l'emmène à l'Hôtel de Bourgogne pour assister à la représentation de comédies ou de tragédies, le jeune Molière choisit de pratiquer très tôt cet art. Par un beau jour de 1643, il renonce à la charge de tapissier du roi et, peu après, fonde avec les membres d'une famille de comédiens (la famille Béjart) une troupe au nom fort ambitieux : l'Illustre-Théâtre. Les débuts dramatiques du jeune Jean-Baptiste sont cependant difficiles. Peu après sa création, l'Illustre-Théâtre connaît en effet échec sur échec et Molière, victime de prêts usuraires, est emprisonné pour dettes...

Échaudé par cette cuisante expérience, le jeune comédien, qui a pris en 1644 le pseudonyme de Molière, décide alors de partir en province avec sa troupe. Pendant plus de treize ans (de 1645 à 1658), il sillonne les routes de France et se forme au difficile métier d'homme de théâtre : on le voit, dans l'ouest de la France, mais aussi en Guyenne, dans le Berry et le Languedoc – où il trouve la protection du prince de Conti – donner des représentations dans des théâtres de fortune et composer ses premières comédies, aujourd'hui peu connues : *L'Étourdi*, *Le Dépit amoureux*.

En 1658, après treize années de pérégrinations en province, Molière se sent mûr pour se lancer à Paris, le lieu de son premier échec. Très vite, il obtient un certain succès auprès d'un public avide de pièces comiques et de somptueux divertissements. Le 24 octobre 1658, c'est le triomphe : Molière joue avec sa troupe devant la cour du roi Louis XIV et, des deux pièces qu'il représente, la plus appréciée n'est pas *Nicomède*, une tragédie de Pierre Corneille, mais *Le Docteur amoureux*, une farce sans prétention qu'il a lui-même créée et qui fait rire le roi aux éclats. Grâce à ce succès, la notoriété de Molière et de sa troupe commence réellement à s'affirmer. Soutenu par le Roi-Soleil et par Monsieur, frère du roi, l'auteur gagne même le privilège, exorbitant au XVIIe siècle, de jouer dans une salle à Paris : il partage d'abord avec une troupe de comédiens italiens la salle du Petit-Bourbon puis, en 1661, prend possession du théâtre du Palais-Royal. Il y mènera jusqu'à sa mort une triple activité : celle de comédien, de directeur de troupe et d'auteur de théâtre.

La naissance du *Malade imaginaire*

Lorsqu'il entreprend, au cours de l'année 1672, la rédaction puis les répétitions du *Malade imaginaire*, sa trentième pièce, Molière est au sommet de sa gloire : il est apprécié du public parisien qui voit en lui un auteur de génie et qui, année après année, se presse en masse au théâtre du Palais-Royal pour assister aux représentations de la « troupe du roi ». Pourtant, Molière est au comble de ses ennuis ; miné par la maladie, épuisé par son métier éreintant d'homme de théâtre, l'auteur a la douleur de perdre son jeune fils, Pierre-Jean-Baptiste-Armand ainsi que sa compagne de toujours, Madeleine Béjart. Lui-même sent d'ailleurs que ses jours sont comptés. Effectivement, Molière a tout juste le temps de faire représenter sa dernière pièce : le 17 février 1673, lors de la quatrième représentation du *Malade imaginaire*, l'auteur, qui joue le rôle d'Argan et qui s'apprête à prononcer le « *juro* » de la cérémonie burlesque, au dénouement de la pièce, est pris de violentes convulsions. Transporté dans son appartement de la rue de Richelieu, il s'éteint, une heure seulement après avoir, pour la dernière fois, quitté la scène. Le soir même de sa mort, il fallut l'intervention du roi Louis XIV en personne pour que Molière, renié par l'Église comme tous les comédiens, obtienne le droit d'être inhumé en terre chrétienne, dans un cimetière tout proche...

Molière et la comédie-ballet

Dans sa dernière pièce, qu'il rédigea à la hâte au cours de l'année 1672, Molière a recours à une forme dramatique qu'il utilisa abondamment tout au long de sa carrière théâtrale : la comédie-ballet. Depuis 1661, date de la création des *Fâcheux*, pièce élaborée à l'occasion des somptueuses fêtes données par le surintendant Fouquet au château de Vaux-le-Vicomte, Molière composait en effet, avec la collaboration du musicien florentin Jean-Baptiste Lulli, un grand nombre de comédies-ballets. La forme de la comédie-ballet, mise au point par Molière, était extrêmement originale : elle consistait à placer, dans les entractes d'une comédie, des divertissements chantés et dansés. *Le Malade imaginaire*, « comédie mêlée de musique et de danse », comme l'indique son sous-titre, illustre bien cette définition. Avec son prologue pastoral qui ouvre la comédie et ses trois intermèdes (la sérénade de Polichinelle à la fin de l'acte I, les chansons et les danses des Mores à la fin de l'acte II, la cérémonie médicale à la fin de l'acte III), la dernière pièce de Molière entraîne le spectateur dans un tourbillon de chansons et de danses burlesques. Le dernier intermède de l'œuvre, qui consacre l'intronisation d'Argan dans une faculté de médecine imaginaire, est particulièrement réussi ; écrit en latin macaronique (un latin mêlé d'expressions françaises), il fit rire aux éclats les contemporains de Molière, si friands de ce genre de spectacles.

Le genre dramatique de la comédie-ballet connut d'ailleurs, du vivant de Molière, une véritable vogue. Le public parisien, qui se pressait au Palais-Royal pour voir *Le Bourgeois gentilhomme*, *Monsieur de Pourceaugnac* ou... *Le Malade imaginaire*, ainsi que les courtisans du Roi-Soleil, réunis depuis peu à Versailles, appréciaient fort les ballets créés par Molière. Le roi lui-même, dit-on, prenait part à ces divertissements ; grand amateur de danse, il ne dédaignait pas de participer aux spectacles élaborés par l'auteur. Toutefois, s'étant éloigné de Molière à cause des intrigues de Lulli, le Roi-Soleil ne put participer au *Malade imaginaire* et ne vit la pièce qu'un an après la mort de son auteur, le 18 juillet 1674, au cours de la troisième journée des « divertissements de Versailles ». La pièce connut pourtant, du vivant même de Molière, un succès considérable et qui s'est répercuté jusqu'à nous : avec *Le Bourgeois gentilhomme*, *Le Malade imaginaire* est en effet l'une des comédies-ballets les plus connues du répertoire moliéresque.

La maladie imaginaire d'Argan

Comme dans la plupart de ses pièces, Molière se plaît à prendre pour cible un « caractère », un personnage original et ridicule qui suscite le rire par ses outrances et son extravagance : un malade imaginaire, un personnage obsédé par la médecine et la maladie.

Riche bourgeois remarié à une femme beaucoup plus jeune que lui (Béline) et père de deux enfants qu'il a eus d'une première union, Argan n'a en effet qu'une idée en tête : la maladie. Refusant de croire son entourage, persuadé qu'il se porte comme un charme, Argan est sûr quant à lui d'être malade et n'a de cesse de s'entourer de médecins et d'apothicaires, jusqu'à vouloir marier sa propre fille, Angélique, à un docteur. Malgré tous les efforts de son frère, Béralde (un « honnête homme » plein de bon sens) et de sa servante, Toinette, le personnage s'entête dans sa folie. Au dénouement, il sera consacré médecin par son entourage lors d'une cérémonie burlesque autorisée par le Carnaval...

La satire de la médecine

Molière ne se contente pas de railler un personnage obsédé par la maladie, il s'emploie surtout à ridiculiser les médecins du XVIIe siècle qui, impuissants à guérir, abritent leur ignorance derrière un verbiage farci de latin et se servent d'un prétendu savoir pour imposer leur pouvoir.

Molière avait bien des raisons d'en vouloir aux médecins : pendant toute sa vie, il fut confronté à leur incompétence. Outre sa mère, qui disparut très tôt, l'auteur eut la douleur de perdre, à la fin de sa vie, deux enfants en bas âge. L'ironie féroce avec laquelle Molière dépeint les médecins dans l'exercice de leur fonction témoigne de ses désillusions.

Dans *Le Malade imaginaire*, la satire de la médecine atteint son paroxysme : Molière ne semble plus avoir pour but de rire ou de faire rire une fois encore des clystères et des chapeaux pointus des docteurs, de leurs discours pompeux et incompréhensibles, mais de condamner explicitement des médecins sourds aux nouvelles découvertes scientifiques et incapables de guérir les hommes. Les Diafoirus, Purgon, Fleurant, les médecins et apothicaires de la pièce, sont comme des automates qui cherchent à appliquer mécaniquement des remèdes et s'emploient à abuser de la crédulité humaine plutôt qu'à guérir leurs semblables...

Juste avant sa mort, Molière qui, lui, n'était pas un malade imaginaire, règle ainsi définitivement ses comptes avec la médecine, « une des plus grandes folies qui soit parmi les hommes ».

CHRONOLOGIE

1622 1673

- Repères historiques et culturels
- Vie et œuvre de l'auteur

Repères historiques et culturels

1610	Assassinat de Henri IV. Régence de Marie de Médicis.
1617	Avènement de Louis XIII qui a pour épouse Anne d'Autriche.
1629	Richelieu, Premier ministre.
1635	Richelieu fonde l'Académie française.
1636	*Le Cid* de Corneille.
1638	Naissance de Louis XIV.
1642	Mort de Richelieu.
1643	Mort de Louis XIII. Régence d'Anne d'Autriche. Mazarin, Premier ministre.
1648	La Fronde (révolte contre le pouvoir royal).
1652	Fin de la Fronde.
1654	Sacre de Louis XIV.

Vie et œuvre de l'auteur

1622 Naissance de J.-B. Poquelin, fils d'un maître tapissier valet de chambre du roi.

1631 Études au collège de Clermont (actuel Louis-le-Grand) jusqu'en 1639.

1640 Études de droit à Orléans.

1643 Fondation de l'Illustre-Théâtre avec les Béjart.

1644 Jean-Baptiste Poquelin devient directeur de la troupe et prend le nom de Molière.

1645 Molière couvert de dettes est contraint de quitter Paris pour la province.

1654 Première pièce de Molière : *L'Étourdi*, comédie d'intrigue, jouée à Lyon.

1656 Deuxième pièce : *Le Dépit amoureux*, comédie d'intrigue, jouée à Béziers.

1658 Retour de Molière à Paris. La troupe est protégée par Monsieur, frère du roi. Représentation devant le roi et sa cour. Installation au Petit-Bourbon en alternance avec les Italiens.

Repères historiques et culturels

1659	Mariage de Louis XIV et de Marie-Thérèse, infante d'Espagne.
1661	Mort de Mazarin. Début du règne personnel de Louis XIV. Début de la construction du château de Versailles.
1662	Lebrun, peintre du roi.
1665	Colbert, intendant des finances.
1667	*Andromaque* de Racine.
1668	Publication des *Fables* de La Fontaine.
1670	Lulli compose la musique du *Bourgeois gentilhomme*.

Vie et œuvre de l'auteur

1659 *Les Précieuses ridicules*, comédie qui fait la satire de la préciosité (langage et sentiments compliqués).

1660 Installation dans la salle du Palais-Royal qui abrite aujourd'hui la Comédie-Française héritée de Molière.

1662 Molière épouse Armande Béjart.
L'École des Femmes, comédie qui aborde le problème de l'éducation des filles.

1664 Baptême du fils de Molière, dont le roi est parrain.
Première du Tartuffe, comédie (critique des faux dévots).
La pièce est aussitôt interdite.

1665 *Dom Juan*, comédie qui met en scène un séducteur provoquant Dieu et la société. Le spectacle doit être interrompu.

1666 *Le Misanthrope*, comédie qui met en scène les relations difficiles d'un individu avec son entourage.
Le Médecin malgré lui, farce.

1668 *George Dandin*, farce.
L'Avare, comédie qui met en scène les ravages causés par l'avarice dans une famille.

1670 *Le Bourgeois gentilhomme*, comédie qui tourne en dérision les prétentions aristocratiques ridicules d'un bourgeois.

1671 *Les Fourberies de Scapin.*

1672 *Les Femmes savantes*, comédie qui critique la prétention intellectuelle d'un groupe de femmes.

1673 *Le Malade imaginaire*, comédie qui met en scène un vieillard obsédé par la maladie.
17 février : Mort de Molière après la quatrième représentation du *Malade imaginaire*.

Le Malade imaginaire

Comédie

MÊLÉE DE MUSIQUE ET DE DANSES
REPRÉSENTÉE POUR LA PREMIÈRE FOIS
SUR LE THÉÂTRE DE LA SALLE DU PALAIS-ROYAL
LE 10 FÉVRIER 1673
PAR LA
TROUPE DU ROI

PERSONNAGES

ARGAN, malade imaginaire.
BÉLINE, seconde femme d'Argan.
ANGÉLIQUE, fille d'Argan, et amante de Cléante.
LOUISON, petite-fille d'Argan, et sœur d'Angélique.
BÉRALDE, frère d'Argan.
CLÉANTE, amant d'Angélique.
MONSIEUR DIAFOIRUS, médecin.
THOMAS DIAFOIRUS, son fils, et amant d'Angélique.
MONSIEUR PURGON, médecin d'Argan.
MONSIEUR FLEURANT, apothicaire.
MONSIEUR BONNEFOY, notaire.
TOINETTE, servante.

La scène est à Paris.

LE PROLOGUE

Après les glorieuses fatigues et les exploits victorieux[1] de notre auguste[2] monarque, il est bien juste que tous ceux qui se mêlent[3] d'écrire travaillent ou à ses louanges, ou à son divertissement. C'est ce qu'ici l'on a voulu faire, et ce prologue est un essai des louanges de ce grand prince, qui donne entrée[4] à la comédie du *Malade imaginaire*, dont le projet a été fait pour le délasser de ses nobles travaux.

La décoration représente un lieu champêtre fort agréable.

1. ***Exploits victorieux*** : allusion explicite à la conquête de la Hollande par Louis XIV en 1672.
2. ***Auguste*** : qui inspire de la vénération.
3. ***Se mêlent de*** : s'occupent de.
4. ***Qui donne entrée*** : qui sert de prologue, d'introduction.

Églogue[1]

EN MUSIQUE ET EN DANSE

FLORE[2], PAN[3], CLIMÈNE, DAPHNÉ, TIRCIS, DORILAS, DEUX ZÉPHIRS[4], TROUPE DE BERGÈRES ET DE BERGERS

FLORE

Quittez, quittez vos troupeaux,
Venez, Bergers, venez, Bergères,
Accourez, accourez sous ces tendres ormeaux[5] *:*
Je viens vous annoncer des nouvelles bien chères,
Et réjouir tous ces hameaux.
Quittez, quittez vos troupeaux,
Venez, Bergers, venez, Bergères,
Accourez, accourez sous ces tendres ormeaux.

CLIMÈNE ET DAPHNÉ

Berger, laissons là tes feux[6]*,*
Voilà Flore qui nous appelle.

TIRCIS ET DORILAS

Mais au moins dis-moi, cruelle,

TIRCIS

Si d'un peu d'amitié tu payeras mes vœux[7] *?*

---

1. ***Églogue*** : petit poème qui parle de la vie champêtre.
2. ***Flore*** : déesse des Fleurs et des Jardins dans la mythologie romaine.
3. ***Pan*** : dieu des Bergers et des Troupeaux dans la mythologie grecque.
4. ***Zéphirs*** : dieux des vents.
5. ***Ormeaux*** : petits ormes.
6. ***Tes feux*** : ton amour (vocabulaire galant).
7. ***Tu payeras mes vœux*** : tu répondras à mon attente.

Dorilas

Si tu seras sensible à mon ardeur fidèle ?

Climène et Daphné

Voilà Flore qui nous appelle.

Tircis et Dorilas

Ce n'est qu'un mot, un mot, un seul mot que je veux.

Tircis

Languirai-je toujours dans ma peine mortelle ?

Dorilas

Puis-je espérer qu'un jour tu me rendras heureux ?

Climène et Daphné

Voilà Flore qui nous appelle.

ENTRÉE DE BALLET

Toute la troupe des Bergers et des Bergères va se placer en cadence autour de Flore.

Climène

Quelle nouvelle parmi nous,
Déesse, doit jeter tant de réjouissance ?

Daphné

Nous brûlons d'apprendre de vous
Cette nouvelle d'importance.

Dorilas

D'ardeur nous en soupirons tous.

Tous

Nous en mourons d'impatience.

Flore

La voici : silence, silence !

Vos vœux sont exaucés, LOUIS[1] *est de retour,*
Il ramène en ces lieux les plaisirs et l'amour,
Et vous voyez finir vos mortelles alarmes.
Par ses vastes exploits son bras voit tout soumis :
Il quitte les armes,
Faute d'ennemis.

TOUS

Ah ! quelle douce nouvelle !
Qu'elle est grande ! qu'elle est belle !
Que de plaisirs ! que de ris[2] *! que de jeux !*
Que de succès heureux !
Et que le Ciel a bien rempli nos vœux !
Ah ! quelle douce nouvelle !
Qu'elle est grande, qu'elle est belle !

ENTRÉE DE BALLET

Tous les Bergers et Bergères expriment par des danses les transports de leur joie[3].

FLORE

De vos flûtes bocagères[4]
Réveillez les plus beaux sons :
LOUIS offre à vos chansons
La plus belle des matières[5].
Après cent combats,
Où cueille son bras
Une ample victoire,
Formez entre vous

1. ***Louis*** : il s'agit de Louis XIV, à qui le prologue du *Malade imaginaire* est dédié.
2. ***Ris*** : rires.
3. ***Transports de leur joie*** : manifestations de leur joie.
4. ***Flûtes bocagères*** : flûtes des bois, flûtes qui s'entendent dans les bois.
5. ***La plus belle des matières*** : le meilleur sujet (pour vos chansons).

Cent combats plus doux,
Pour chanter sa gloire.

TOUS

Formons entre nous
Cent combats plus doux,
Pour chanter sa gloire.

FLORE

Mon jeune amant[1]*, dans ce bois,*
Des présents de mon empire
Prépare un prix à la voix
Qui saura le mieux nous dire
Les vertus et les exploits
Du plus auguste des rois.

CLIMÈNE

Si Tircis a l'avantage,

DAPHNÉ

Si Dorilas est vainqueur,

CLIMÈNE

À le chérir je m'engage.

DAPHNÉ

Je me donne à son ardeur

TIRCIS

Ô très chère espérance !

DORILAS

Ô mot plein de douceur !

TOUS DEUX

Plus beau sujet, plus belle récompense
Peuvent-ils animer un cœur ?

---

1. ***Amant*** : au XVIIe siècle, personne qui aime d'amour et qui est aimée.

Les violons jouent un air pour animer les deux Bergers au combat, tandis que Flore, comme juge, va se placer au pied de l'arbre, avec deux zéphirs, et que le reste, comme spectateurs, va occuper les deux coins du théâtre.

TIRCIS

Quand la neige fondue enfle un torrent fameux,
Contre l'effort soudain de ses flots écumeux
Il n'est rien d'assez solide ;
Digues, châteaux, villes et bois,
Hommes et troupeaux à la fois,
Tout cède au courant qui le guide :
Tel, et plus fier[1]*, et plus rapide,*
Marche LOUIS dans ses exploits.

BALLET

Les Bergers et Bergères de son côté dansent autour de lui, sur une ritournelle[2]*, pour exprimer leurs applaudissements.*

DORILAS

Le foudre[3]*, menaçant, qui perce avec fureur*
L'affreuse[4] *obscurité de la nue enflammée,*
Fait d'épouvante et d'horreur
Trembler le plus ferme cœur :
Mais à la tête d'une armée
LOUIS jette plus de terreur.

BALLET

Les Bergers et Bergères de son côté font de même que les autres.

TIRCIS

Des fabuleux exploits que la Grèce a chantés,

---

1. ***Fier*** : redoutable.
2. ***Ritournelle*** : refrain.
3. ***Le foudre*** : la foudre (le mot était masculin au XVIIe siècle).
4. ***Affreuse*** : qui inspire de la terreur.

Par un brillant amas[1] *de belles vérités*
Nous voyons la gloire effacée,
Et tous ces fameux demi-dieux[2]
Que vante l'histoire passée
Ne sont point à notre pensée
Ce que LOUIS est à nos yeux.

BALLET

Les Bergers et Bergères de son côté font encore la même chose.

DORILAS

LOUIS fait à nos temps, par ses faits inouïs,
Croire tous les beaux faits que nous chante l'histoire
Des siècles évanouis :
Mais nos neveux[3]*, dans leur gloire,*
N'auront rien qui fasse croire
Tous les beaux faits de LOUIS.

BALLET

Les Bergers et Bergères de son côté font encore de même, après quoi les deux partis se mêlent.

PAN, *suivi de six Faunes*[4]

Laissez, laissez, Bergers, ce dessein téméraire.
Hé ! que voulez-vous faire ?
Chanter sur vos chalumeaux[5]
Ce qu'Apollon sur sa lyre,
Avec ses chants les plus beaux,

---

1. ***Amas*** : accumulation.
2. ***Demi-dieux*** : personnage de la mythologie grecque ou romaine issus d'une mortelle et d'un dieu, d'une déesse et d'un mortel, ou divinisé pour ses exploits.
3. ***Nos neveux*** : nos descendants.
4. ***Faunes*** : divinités champêtres dans la mythologie romaine.
5. ***Chalumeaux*** : petites flûtes.

N'entreprendrait pas de dire,
C'est donner trop d'essor[1] *au feu qui vous inspire,*
C'est monter vers les cieux sur des ailes de cire,
Pour tomber dans le fond des eaux.

Pour chanter de LOUIS l'intrépide courage,
Il n'est point d'assez docte[2] *voix,*
Point de mots assez grands pour en tracer l'image :
Le silence est le langage
Qui doit louer ses exploits.
Consacrez d'autres soins à sa pleine victoire ;
Vos louanges n'ont rien qui flatte ses désirs ;
Laissez, laissez là sa gloire,
Ne songez qu'à ses plaisirs.

TOUS

Laissons, laissons là sa gloire,
Ne songeons qu'à ses plaisirs.

FLORE

Bien que, pour étaler ses vertus immortelles,
La force manque à vos esprits,
Ne laissez pas[3] *tous deux de recevoir le prix :*
Dans les choses grandes et belles
Il suffit d'avoir entrepris.

ENTRÉE DE BALLET

Les deux zéphirs dansent avec deux couronnes de fleurs à la main, qu'ils viennent ensuite donner aux deux bergers.

CLIMÈNE ET DAPHNÉ, *en leur donnant la main.*

Dans les choses grandes et belles

1. ***Trop d'essor*** : trop de force.
2. ***Docte*** : savante.
3. ***Ne laissez pas de*** : ne manquez pas de.

Il suffit d'avoir entrepris.

TIRCIS ET DORILAS

Ah ! que d'un doux succès notre audace est suivie !
Ce qu'on fait pour LOUIS, on ne le perd jamais.

LES QUATRE AMANTS

Au soin de ses plaisirs donnons-nous désormais.

FLORE ET PAN

Heureux, heureux qui peut lui consacrer sa vie !

TOUS

Joignons tous dans ces bois
Nos flûtes et nos voix,
Ce jour nous y convie ;
Et faisons aux échos redire mille fois :
« LOUIS est le plus grand des rois ;
Heureux, heureux qui peut lui consacrer sa vie ! »

DERNIÈRE ET GRANDE ENTRÉE DE BALLET

Faunes, Bergers et Bergères, tous se mêlent, et il se fait entre eux des jeux de danse, après quoi ils se vont préparer pour la Comédie.

AUTRE PROLOGUE

Le théâtre représente une forêt.
L'ouverture du théâtre se fait par un bruit agréable d'instruments. Ensuite une Bergère vient se plaindre tendrement de ce qu'elle ne trouve aucun remède pour soulager les peines qu'elle endure. Plusieurs Faunes et Ægipans, assemblés pour des fêtes et des jeux qui leur sont particuliers, rencontrent la Bergère. Ils écoutent ses plaintes et forment un spectacle très divertissant.

PLAINTES DE LA BERGÈRE

Votre plus haut savoir n'est que pure chimère[1],
Vains et peu sages médecins ;
Vous ne pouvez guérir par vos grands mots latins
La douleur qui me désespère :
Votre plus haut savoir n'est que pure chimère.

Hélas ! je n'ose découvrir
Mon amoureux martyre
Au Berger pour qui je soupire,
Et qui seul peut me secourir.

---

1. ***Chimère*** : illusion.

Ne prétendez pas le finir,
Ignorants médecins, vous ne sauriez le faire :
Votre plus haut savoir n'est que pure chimère.

Ces remèdes peu sûrs dont le simple vulgaire[1]
Croit que vous connaissez l'admirable vertu,
Pour les maux que je sens n'ont rien de salutaire ;
Et tout votre caquet ne peut être reçu
Que d'un Malade imaginaire.

Votre plus haut savoir n'est que pure chimère,
Vains et peu sages médecins ;
Vous ne pouvez guérir par vos grands mots latins
La douleur qui me désespère :
Votre plus haut savoir n'est que pure chimère.

Le théâtre change et représente une chambre.

---

1. ***Le simple vulgaire*** : le commun des hommes.

ACTE PREMIER

Scène 1

ARGAN, *seul dans sa chambre assis, une table devant lui, compte des parties d'apothicaire*[1] *avec des jetons*[2] *; il fait, parlant à lui-même, les dialogues suivants.* – Trois et deux font cinq, et cinq font dix, et dix font vingt. Trois et deux font cinq. « Plus, du vingt-quatrième[3], un petit clystère[4] insinuatif, préparatif, et rémollient, pour amollir, humecter, et rafraîchir les entrailles de Monsieur. » Ce qui me plaît de Monsieur Fleurant, mon apothicaire, c'est que ses parties sont toujours fort civiles[5] : « les entrailles de Monsieur, trente sols[6] ». Oui, mais, Monsieur Fleurant, ce n'est pas tout que d'être civil, il faut être aussi raisonnable, et ne pas écorcher les malades. Trente sols

---

1. ***Parties d'apothicaire*** : factures de pharmacien.
2. ***Jetons*** : pour faire ses comptes, Argan utilise des jetons placés par tas et représentant une certaine somme d'argent.
3. ***Vingt-quatrième*** : le vingt-quatrième jour du mois.
4. ***Clystère*** : lavement.
5. ***Civiles*** : polies, courtoises.
6. ***Sol*** : unité monétaire en cours au XVIIe siècle. À l'époque de Molière, un sol vaut douze deniers et il faut vingt sols pour faire une livre (une livre vaut approximativement vingt francs actuels).

un lavement : Je suis votre serviteur[1], je vous l'ai déjà dit. Vous ne me les avez mis dans les autres parties qu'à vingt sols, et vingt sols en langage d'apothicaire, c'est-à-dire dix sols ; les voilà, dix sols. « Plus, dudit jour[2], un bon clystère détersif, composé avec catholicon double, rhubarbe, miel rosat, et autres, suivant l'ordonnance, pour balayer, laver, et nettoyer le bas-ventre de Monsieur, trente sols. » Avec votre permission, dix sols. « Plus, dudit jour, le soir, un julep[3] hépatique, soporatif, et somnifère, composé pour faire dormir Monsieur, trente-cinq sols. » Je ne me plains pas de celui-là, car il me fit bien dormir. Dix, quinze, seize et dix-sept sols, six deniers. « Plus, du vingt-cinquième, une bonne médecine purgative et corroborative, composée de casse récente avec séné levantin, et autres, suivant l'ordonnance de Monsieur Purgon, pour expulser et évacuer la bile de Monsieur, quatre livres. » Ah ! Monsieur Fleurant, c'est se moquer ; il faut vivre avec les malades. Monsieur Purgon ne vous a pas ordonné de mettre quatre francs. Mettez, mettez trois livres, s'il vous plaît. Vingt et trente sols. « Plus, dudit jour, une potion anodine et astringente, pour faire reposer Monsieur, trente sols. » Bon, dix et quinze sols. « Plus, du vingt-sixième, un clystère carminatif, pour chasser les vents de Monsieur, trente sols. » Dix sols, Monsieur Fleurant. « Plus, le clystère de Monsieur réitéré le soir, comme dessus, trente sols. » Monsieur Fleurant, dix sols. « Plus, du vingt-septième, une bonne médecine composée pour hâter d'aller[4], et chasser dehors les mauvaises humeurs[5] de

---

1. ***Je suis votre serviteur*** : formule de politesse employée ici de façon ironique par Argan, qui manifeste son désaccord.

2. ***Dudit jour*** : le même jour.

3. ***Julep*** : sirop médicamenteux.

4. ***Aller*** : aller à la selle.

5. ***Humeurs*** : dans la médecine du XVIIe siècle, ce terme désignait les quatre liquides irriguant le corps humain : le sang, le flegme (liquide lymphatique), la bile et la bile noire (ou atrabile).

Monsieur, trois livres. » Bon, vingt et trente sols : je suis bien aise que vous soyez raisonnable. « Plus, du vingt-huitième, une prise de petit-lait clarifié, et édulcoré, pour adoucir, lénifier, tempérer, et rafraîchir le sang de Monsieur, vingt sols. » Bon, dix sols. « Plus, une potion cordiale et préservative, composée avec douze grains [1] de bézoard, sirops de limon et grenade, et autres, suivant l'ordonnance, cinq livres. » Ah ! Monsieur Fleurant, tout doux, s'il vous plaît ; si vous en usez comme cela, on ne voudra plus être malade : contentez-vous de quatre francs. Vingt et quarante sols. Trois et deux font cinq, et cinq font dix, et dix font vingt. Soixante et trois livres, quatre sols, six deniers. Si bien donc que ce mois j'ai pris une, deux, trois, quatre, cinq, six, sept et huit médecines ; et un, deux, trois, quatre, cinq, six, sept, huit, neuf, dix, onze et douze lavements ; et l'autre mois il y avait douze médecines, et vingt lavements. Je ne m'étonne pas si je ne me porte pas si bien ce mois-ci que l'autre. Je le dirai à Monsieur Purgon, afin qu'il mette ordre à cela. Allons, qu'on m'ôte tout ceci. Il n'y a personne : j'ai beau dire, on me laisse toujours seul ; il n'y a pas moyen de les arrêter ici. (*Il sonne une sonnette pour faire venir ses gens.*) Ils n'entendent point, et ma sonnette ne fait pas assez de bruit. Drelin, drelin, drelin : point d'affaire. Drelin, drelin, drelin : ils sont sourds. Toinette ! Drelin, drelin, drelin : tout comme si je ne sonnais point. Chienne, coquine [2] ! Drelin, drelin, drelin : j'enrage. (*Il ne sonne plus mais il crie.*) Drelin, drelin, drelin : carogne, à tous les diables ! Est-il possible qu'on laisse comme cela un pauvre malade tout seul ? Drelin, drelin, drelin : voilà qui est pitoyable ! Drelin, drelin, drelin : ah, mon Dieu ! ils me laisseront ici mourir. Drelin, drelin, drelin.

---

1. ***Grain*** : ancienne unité de poids. Un grain équivaut à 0,05 g.
2. ***Chienne, coquine !*** : au XVIIe siècle, ces termes dépréciatifs constituent des injures particulièrement grossières.

Scène 2

TOINETTE, ARGAN

TOINETTE, *en entrant dans la chambre*. – On y va.

ARGAN. – Ah ! chienne ! ah ! carogne[1] !…

TOINETTE, *faisant semblant de s'être cogné la tête*. – Diantre[2] soit fait de votre impatience ! vous pressez[3] si fort les personnes, que je me suis donné un grand coup dc la tête contre la carne[4] d'un volet.

ARGAN, *en colère*. – Ah ! traîtresse !…

TOINETTE, *pour l'interrompre et l'empêcher de crier, se plaint toujours en disant*. – Ha !

ARGAN. – Il y a…

TOINETTE. – Ha !

ARGAN. – Il y a une heure…

TOINETTE. – Ha !

ARGAN. – Tu m'as laissé…

TOINETTE. – Ha !

ARGAN. – Tais-toi donc, coquine, que je te querelle.

TOINETTE. – Çamon[5], ma foi ! j'en suis d'avis, après ce que je me suis fait.

---

1. ***Carogne*** : charogne (injure grossière).
2. ***Diantre*** : juron. Euphémisme pour diable.
3. ***Presser*** : obliger à se dépêcher.
4. ***La carne*** : l'angle, le coin.
5. ***Çamon*** : ah oui ! (terme exclamatif).

ARGAN. – Tu m'as fait égosiller[1], carogne.

TOINETTE. – Et vous m'avez fait, vous, casser la tête : l'un vaut bien l'autre ; quitte à quitte[2], si vous voulez.

ARGAN. – Quoi ? coquine…

TOINETTE. – Si vous querellez, je pleurerai.

ARGAN. – Me laisser, traîtresse…

TOINETTE, *toujours pour l'interrompre.* – Ha !

ARGAN. – Chienne, tu veux…

TOINETTE. – Ha !

ARGAN. – Quoi ? il faudra encore que je n'aie pas le plaisir de la quereller.

TOINETTE. – Querellez tout votre soûl, je le veux bien.

ARGAN. – Tu m'en empêches, chienne, en m'interrompant à tous coups.

TOINETTE. – Si vous avez le plaisir de quereller, il faut bien que, de mon côté, j'aie le plaisir de pleurer : chacun le sien, ce n'est pas trop. Ha !

ARGAN. – Allons, il faut en passer par là. Ôte-moi ceci, coquine, ôte-moi ceci. (*Argan se lève de sa chaise.*) Mon lavement d'aujourd'hui a-t-il bien opéré ?

TOINETTE. – Votre lavement ?

ARGAN. – Oui. Ai-je bien fait de la bile ?

TOINETTE. – Ma foi ! je ne me mêle point de ces affaires-là : c'est à Monsieur Fleurant à y mettre le nez, puisqu'il en a le profit.

---

1. ***Égosiller*** : se faire mal à la gorge à force de crier.
2. ***Quitte à quitte*** : nous sommes quittes.

ARGAN. – Qu'on ait soin de me tenir un bouillon prêt, pour l'autre que je dois tantôt[1] prendre.

TOINETTE. – Ce Monsieur Fleurant-là et ce Monsieur Purgon s'égayent bien sur[2] votre corps ; ils ont en vous une bonne vache à lait[3] ; et je voudrais bien leur demander quel mal vous avez, pour vous faire tant de remèdes.

ARGAN. – Taisez-vous, ignorante, ce n'est pas à vous à contrôler les ordonnances de la médecine. Qu'on me fasse venir ma fille Angélique, j'ai à lui dire quelque chose.

TOINETTE. – La voici qui vient d'elle-même : elle a deviné votre pensée.

Scène 3

ANGÉLIQUE, TOINETTE, ARGAN

ARGAN. – Approchez, Angélique ; vous venez à propos : je voulais vous parler.

ANGÉLIQUE. – Me voilà prête à vous ouïr.

ARGAN, *courant au bassin*[4]. – Attendez. Donnez-moi mon bâton. Je vais revenir tout à l'heure[5].

TOINETTE, *en le raillant*. – Allez vite, Monsieur, allez. Monsieur Fleurant nous donne des affaires[6].

---

1. ***Tantôt*** : bientôt.
2. ***S'égayer bien sur*** : s'amuser aux dépens de.
3. ***Une (bonne) vache à lait*** : personne qu'on exploite, qui est une source de profit pour une autre.
4. ***Bassin*** : chaise percée qu'on utilisait au XVIIe siècle pour faire ses besoins.
5. ***Tout à l'heure*** : bientôt.
6. ***Nous donne des affaires*** : il s'agit ici d'un jeu de mots de la part de Toinette puisque la chaise percée s'appelait aussi chaise d'affaires.

Scène 4

ANGÉLIQUE, TOINETTE

ANGÉLIQUE, *la regardant d'un œil languissant, lui dit confidemment*[1]. – Toinette !

TOINETTE. – Quoi ?

ANGÉLIQUE. – Regarde-moi un peu.

TOINETTE. – Hé bien ! je vous regarde.

ANGÉLIQUE. – Toinette.

TOINETTE. – Hé bien, quoi, « Toinette » ?

ANGÉLIQUE. – Ne devines-tu point de quoi je veux parler ?

TOINETTE. – Je m'en doute assez : de notre jeune amant[2] ; car c'est sur lui, depuis six jours, que roulent tous nos entretiens[3] ; et vous n'êtes point bien si vous n'en parlez à toute heure.

ANGÉLIQUE. – Puisque tu connais cela, que n'es-tu donc la première à m'en entretenir, et que[4] ne m'épargnes-tu la peine de te jeter sur ce discours[5] ?

TOINETTE. – Vous ne m'en donnez pas le temps, et vous avez des soins là-dessus qu'il est difficile de prévenir[6].

---

1. ***Confidemment*** : sur le ton de la confidence.
2. ***Amant*** : personne qui aime d'amour et qui est aimée.
3. ***C'est sur lui [...] que roulent tous nos entretiens*** : c'est lui qui est le sujet de toutes nos conversations.
4. ***Que*** : pourquoi.
5. ***De te jeter sur ce discours*** : de t'amener à parler de ce sujet.
6. ***Prévenir*** : devancer.

ANGÉLIQUE. – Je t'avoue que je ne saurais me lasser de te parler de lui, et que mon cœur profite avec chaleur de tous les moments de s'ouvrir à toi. Mais dis-moi, condamnes-tu, Toinette, les sentiments que j'ai pour lui ?

TOINETTE. – Je n'ai garde.

ANGÉLIQUE. – Ai-je tort de m'abandonner à ces douces impressions [1] ?

TOINETTE. – Je ne dis pas cela.

ANGÉLIQUE. – Et voudrais-tu que je fusse insensible aux tendres protestations de cette passion ardente qu'il témoigne pour moi ?

TOINETTE. – À Dieu ne plaise !

ANGÉLIQUE. – Dis-moi un peu, ne trouves-tu pas, comme moi, quelque chose du Ciel, quelque effet du destin, dans l'aventure inopinée [2] de notre connaissance [3] ?

TOINETTE. – Oui.

ANGÉLIQUE. – Ne trouves-tu pas que cette action d'embrasser [4] ma défense sans me connaître est tout à fait d'un honnête homme [5] ?

TOINETTE. – Oui.

ANGÉLIQUE. – Que l'on ne peut pas en user plus généreusement [6] ?

---

1. ***Impressions*** : démonstrations.
2. ***Inopinée*** : imprévue.
3. ***Connaissance*** : rencontre.
4. ***Embrasser*** : prendre.
5. ***Honnête homme*** : au XVIIe siècle, l'« honnête homme » est une notion essentielle de la morale mondaine. L'honnête homme est un homme du monde, agréable et distingué par les manières et par l'esprit. Modéré dans ses jugements, il représente le bon goût de l'époque.
6. ***Généreusement*** : noblement.

TOINETTE. – D'accord.

ANGÉLIQUE. – Et qu'il fit tout cela de la meilleure grâce du monde ?

TOINETTE. – Oh ! oui.

ANGÉLIQUE. – Ne trouves-tu pas, Toinette, qu'il est bien fait de sa personne ?

TOINETTE. – Assurément.

ANGÉLIQUE. – Qu'il a l'air [1] le meilleur du monde ?

TOINETTE. – Sans doute.

ANGÉLIQUE. – Que ses discours, comme ses actions, ont quelque chose de noble ?

TOINETTE. – Cela est sûr.

ANGÉLIQUE. – Qu'on ne peut rien entendre de plus passionné que tout ce qu'il me dit ?

TOINETTE. – Il est vrai.

ANGÉLIQUE. – Et qu'il n'est rien de plus fâcheux [2] que la contrainte où l'on me tient, qui bouche [3] tout commerce [4] aux doux empressements [5] de cette mutuelle ardeur que le Ciel nous inspire ?

TOINETTE. – Vous avez raison.

ANGÉLIQUE. – Mais, ma pauvre Toinette, crois-tu qu'il m'aime autant qu'il me le dit ?

---

1. ***L'air*** : l'allure, l'apparence.
2. ***Fâcheux*** : pénible.
3. ***Bouche*** : empêche.
4. ***Tout commerce*** : toute relation, toute fréquentation.
5. ***Empressements*** : témoignages d'amour.

TOINETTE. – Eh, eh ! ces choses-là, parfois, sont un peu sujettes à caution. Les grimaces d'amour ressemblent fort à la vérité ; et j'ai vu de grands comédiens là-dessus.

ANGÉLIQUE. – Ah ! Toinette, que dis-tu là ? Hélas ! de la façon qu'il parle, serait-il bien possible qu'il ne me dît pas vrai ?

TOINETTE. – En tout cas, vous en serez bientôt éclaircie ; et la résolution où il vous écrivit hier qu'il était de vous faire demander en mariage [1] est une prompte voie à vous faire connaître [2] s'il vous dit vrai, ou non : c'en sera là la bonne preuve.

ANGÉLIQUE. – Ah ! Toinette, si celui-là me trompe, je ne croirai de ma vie aucun homme.

TOINETTE. – Voilà votre père qui revient.

Scène 5

ARGAN, ANGÉLIQUE, TOINETTE

ARGAN *se met dans sa chaise.* – Ô çà, ma fille, je vais vous dire une nouvelle, où [3] peut-être ne vous attendez-vous pas. On vous demande en mariage. Qu'est-ce que cela ? vous riez. Cela est plaisant, oui, ce mot de mariage ; il n'y a rien de plus drôle pour les jeunes filles : ah ! nature, nature ! À ce que je puis voir, ma fille, je n'ai que faire de vous demander si vous voulez bien vous marier.

ANGÉLIQUE. – Je dois faire, mon père, tout ce qu'il vous plaira de m'ordonner.

---

1. ***La résolution* [...] *mariage*** : Cléante dit, dans une lettre envoyée la veille à Angélique, qu'il est résolu à la demander en mariage.
2. ***Connaître*** : savoir.
3. ***Où*** : à laquelle.

ARGAN. – Je suis bien aise d'avoir une fille si obéissante. La chose est donc conclue, et je vous ai promise[1].

ANGÉLIQUE. – C'est à moi, mon père, de suivre aveuglément toutes vos volontés.

ARGAN. – Ma femme, votre belle-mère, avait envie que je vous fisse religieuse, et votre petite sœur Louison aussi, et de tout temps elle a été aheurtée[2] à cela.

TOINETTE, *tout bas*. – La bonne bête a ses raisons.

ARGAN. – Elle ne voulait point consentir à ce mariage, mais je l'ai emporté, et ma parole est donnée.

ANGÉLIQUE. – Ah ! mon père, que je vous suis obligée de[3] toutes vos bontés.

TOINETTE. – En vérité, je vous sais bon gré de cela, et voilà l'action la plus sage que vous ayez faite de votre vie.

ARGAN. – Je n'ai point encore vu la personne ; mais on m'a dit que j'en serais content, et toi aussi.

ANGÉLIQUE. – Assurément, mon père.

ARGAN. – Comment l'as-tu vu ?

ANGÉLIQUE. – Puisque votre consentement m'autorise à vous pouvoir ouvrir mon cœur, je ne feindrai point de[4] vous dire que le hasard nous a fait connaître[5] il y a six jours, et que la demande qu'on vous a faite est un effet de l'inclination que, dès cette première vue, nous avons prise l'un pour l'autre.

---

1. ***Je vous ai promise*** : j'ai fait la promesse de vous donner en mariage.
2. ***Elle a été aheurtée*** : elle s'est obstinée (Béline a toujours souhaité voir Angélique et Louison devenir religieuses).
3. ***Obligée de*** : reconnaissante pour.
4. ***Je ne feindrai point de*** : je n'hésiterai pas à.
5. ***Connaître*** : rencontrer, faire connaissance.

ARGAN. – Ils ne m'ont pas dit cela ; mais j'en suis bien aise, et c'est tant mieux que les choses soient de la sorte. Ils disent que c'est un grand jeune garçon bien fait.

ANGÉLIQUE. – Oui, mon père.

ARGAN. – De belle taille.

ANGÉLIQUE. – Sans doute.

ARGAN. – Agréable de sa personne.

ANGÉLIQUE. – Assurément.

ARGAN. – De bonne physionomie.

ANGÉLIQUE. – Très bonne.

ARGAN. – Sage, et bien né.

ANGÉLIQUE. – Tout à fait.

ARGAN. – Fort honnête[1].

ANGÉLIQUE. – Le plus honnête du monde.

ARGAN. – Qui parle bien latin, et grec.

ANGÉLIQUE. – C'est ce que je ne sais pas.

ARGAN. – Et qui sera reçu médecin dans trois jours.

ANGÉLIQUE. – Lui, mon père ?

ARGAN. – Oui. Est-ce qu'il ne te l'a pas dit ?

ANGÉLIQUE. – Non vraiment. Qui vous l'a dit à vous ?

ARGAN. – Monsieur Purgon.

---

1. ***Honnête*** : c'est-à-dire honnête homme.

ANGÉLIQUE. – Est-ce que Monsieur Purgon le connaît ?

ARGAN. – La belle demande ! il faut bien qu'il le connaisse, puisque c'est son neveu.

ANGÉLIQUE. – Cléante, neveu de Monsieur Purgon ?

ARGAN. – Quel Cléante ? Nous parlons de celui pour qui l'on t'a demandée en mariage.

ANGÉLIQUE. – Hé ! oui.

ARGAN. – Hé bien, c'est le neveu de Monsieur Purgon, qui est le fils de son beau-frère le médecin, Monsieur Diafoirus ; et ce fils s'appelle Thomas Diafoirus, et non pas Cléante ; et nous avons conclu ce mariage-là ce matin, Monsieur Purgon, Monsieur Fleurant et moi, et, demain, ce gendre prétendu [1] doit m'être amené par son père. Qu'est-ce ? vous voilà tout ébaubie [2] ?

ANGÉLIQUE. – C'est, mon père, que je connais que [3] vous avez parlé d'une personne, et que j'ai entendu une autre [4].

TOINETTE. – Quoi ? Monsieur, vous auriez fait ce dessein burlesque ? Et avec tout le bien que vous avez, vous voudriez marier votre fille avec un médecin ?

ARGAN. – Oui. De quoi te mêles-tu, coquine, impudente que tu es ?

TOINETTE. – Mon Dieu ! tout doux : vous allez d'abord [5] aux invectives [6]. Est-ce que nous ne pouvons pas raisonner ensemble sans nous emporter ? Là, parlons de sang-froid. Quelle est votre raison, s'il vous plaît, pour un tel mariage ?

---

1. ***Gendre prétendu*** : futur gendre.
2. ***Tout ébaubie*** : toute surprise, tout étonnée.
3. ***Je connais que*** : je m'aperçois que, je me rends compte que.
4. ***J'ai entendu une autre*** : j'ai cru qu'il s'agissait d'une autre personne.
5. ***D'abord*** : immédiatement.
6. ***Invectives*** : injures.

ARGAN. – Ma raison est que, me voyant infirme et malade comme je suis, je veux me faire un gendre et des alliés[1] médecins, afin de m'appuyer de bons secours contre ma maladie, d'avoir dans ma famille les sources des remèdes qui me sont nécessaires, et d'être à même des consultations[2] et des ordonnances.

TOINETTE. – Hé bien ! voilà dire une raison, et il y a plaisir à se répondre doucement les uns aux autres. Mais, Monsieur, mettez la main à la conscience[3] : est-ce que vous êtes malade ?

ARGAN. – Comment, coquine, si je suis malade ? si je suis malade, impudente ?

TOINETTE. – Hé bien ! oui, Monsieur, vous êtes malade, n'ayons point de querelle là-dessus ; oui, vous êtes fort malade, j'en demeure d'accord, et plus malade que vous ne pensez : voilà qui est fait. Mais votre fille doit épouser un mari pour elle ; et, n'étant point malade[4], il n'est pas nécessaire de lui donner un médecin.

ARGAN. – C'est pour moi que je lui donne ce médecin ; et une fille de bon naturel doit être ravie d'épouser ce qui est utile à la santé de son père.

TOINETTE. – Ma foi ! Monsieur, voulez-vous qu'en amie je vous donne un conseil ?

ARGAN. – Quel est-il, ce conseil ?

TOINETTE. – De ne point songer à ce mariage-là.

---

1. ***Alliés*** : parents (par alliance).
2. ***Être à même des consultations*** : pouvoir avoir des consultations selon ma convenance.
3. ***Mettez la main à la conscience*** : examinez votre conscience.
4. ***N'étant point malade*** : comme elle n'est pas malade (au XVIIe siècle, l'emploi du participe présent est beaucoup plus souple qu'aujourd'hui).

ARGAN. – Hé, la raison ?

TOINETTE. – La raison ? C'est que votre fille n'y consentira point.

ARGAN. – Elle n'y consentira point ?

TOINETTE. – Non.

ARGAN. – Ma fille ?

TOINETTE. – Votre fille. Elle vous dira qu'elle n'a que faire de Monsieur Diafoirus, ni de son fils Thomas Diafoirus, ni de tous les Diafoirus du monde.

ARGAN. – J'en ai affaire [1], moi, outre que le parti est plus avantageux qu'on ne pense. Monsieur Diafoirus n'a que ce fils-là pour tout héritier ; et, de plus, Monsieur Purgon, qui n'a ni femme, ni enfants, lui donne tout son bien, en faveur de ce mariage ; et Monsieur Purgon est un homme qui a huit mille bonnes livres de rente [2].

TOINETTE. – Il faut qu'il ait tué bien des gens, pour s'être fait si riche.

ARGAN. – Huit mille livres de rente sont quelque chose, sans compter le bien du père.

TOINETTE. – Monsieur, tout cela est bel et bon ; mais j'en reviens toujours là : je vous conseille, entre nous, de lui choisir un autre mari, et elle n'est point faite pour être Madame Diafoirus.

ARGAN. – Et je veux, moi, que cela soit.

TOINETTE. – Eh fi ! ne dites pas cela.

ARGAN. – Comment, que je ne dise pas cela ?

---

1. ***J'en ai affaire*** : j'en ai besoin.
2. ***Rente*** : revenu.

TOINETTE. – Hé non !

ARGAN. – Et pourquoi ne le dirai-je pas ?

TOINETTE. – On dira que vous ne songez pas à ce que vous dites.

ARGAN. – On dira ce qu'on voudra ; mais je vous dis que je veux qu'elle exécute la parole que j'ai donnée.

TOINETTE. – Non : je suis sûre qu'elle ne le fera pas.

ARGAN. – Je l'y forcerai bien.

TOINETTE. – Elle ne le fera pas, vous dis-je.

ARGAN. – Elle le fera, ou je la mettrai dans un couvent.

TOINETTE. – Vous ?

ARGAN. – Moi.

TOINETTE. – Bon.

ARGAN. – Comment, « bon » ?

TOINETTE. – Vous ne la mettrez point dans un couvent.

ARGAN. – Je ne la mettrai point dans un couvent ?

TOINETTE. – Non.

ARGAN. – Non ?

TOINETTE. – Non.

ARGAN. – Ouais[1] ! voici qui est plaisant : je ne mettrai pas ma fille dans un couvent, si je veux ?

TOINETTE. – Non, vous dis-je.

ARGAN. – Qui m'en empêchera ?

---

1. ***Ouais*** : interjection qui marque la surprise.

TOINETTE. – Vous-même.

ARGAN. – Moi ?

TOINETTE. – Oui, vous n'aurez pas ce cœur[1]-là.

ARGAN. – Je l'aurai.

TOINETTE. – Vous vous moquez.

ARGAN. – Je ne me moque point.

TOINETTE. – La tendresse paternelle vous prendra.

ARGAN. – Elle ne me prendra point.

TOINETTE. – Une petite larme ou deux, des bras jetés au cou, un « mon petit papa mignon », prononcé tendrement, sera assez pour vous toucher.

ARGAN. – Tout cela ne fera rien.

TOINETTE. – Oui, oui.

ARGAN. – Je vous dis que je n'en démordrai point.

TOINETTE. – Bagatelles[2].

ARGAN. – Il ne faut point dire « bagatelles ».

TOINETTE. – Mon Dieu ! je vous connais, vous êtes bon naturellement.

ARGAN, *avec emportement*. – Je ne suis point bon, et je suis méchant quand je veux.

TOINETTE. – Doucement, Monsieur : vous ne songez pas que vous êtes malade.

---

1. ***Cœur*** : courage.
2. ***Bagatelles*** : objets de peu de valeur, sans importance… comme les paroles d'Argan selon Toinette.

ARGAN. – Je lui commande absolument de se préparer à prendre le mari que je dis.

TOINETTE. – Et moi, je lui défends absolument d'en faire rien.

ARGAN. – Où est-ce donc que nous sommes ? et quelle audace est-ce là à une coquine de servante de parler de la sorte devant son maître ?

TOINETTE. – Quand un maître ne songe pas à ce qu'il fait, une servante bien sensée [1] est en droit de le redresser [2].

ARGAN *court après Toinette.* – Ah ! insolente, il faut que je t'assomme.

TOINETTE *se sauve de lui.* – Il est de mon devoir de m'opposer aux choses qui vous peuvent déshonorer.

ARGAN, *en colère, court après elle autour de sa chaise, son bâton à la main.* – Viens, viens, que je t'apprenne à parler.

TOINETTE, *courant, et se sauvant du côté de la chaise où n'est pas Argan.* – Je m'intéresse [3], comme je dois, à ne vous point laisser faire de folie.

ARGAN. – Chienne !

TOINETTE. – Non, je ne consentirai jamais à ce mariage.

ARGAN. – Pendarde [4] !

TOINETTE. – Je ne veux point qu'elle épouse votre Thomas Diafoirus.

ARGAN. – Carogne !

---

1. ***Bien sensée*** : pourvue de bon sens.
2. ***Redresser*** : remettre dans le droit chemin.
3. ***Je m'intéresse*** : je prends intérêt.
4. ***Pendarde*** : qui est digne d'être pendue (injure au XVIIe siècle).

TOINETTE. – Et elle m'obéira plutôt qu'à vous.

ARGAN. – Angélique, tu ne veux pas m'arrêter cette coquine-là ?

ANGÉLIQUE. – Eh ! mon père, ne vous faites point malade[1].

ARGAN. – Si tu ne me l'arrêtes, je te donnerai ma malédiction.

TOINETTE. – Et moi, je la déshériterai, si elle vous obéit.

ARGAN *se jette dans sa chaise, étant las de courir après elle.* – Ah ! ah ! je n'en puis plus. Voilà pour me faire mourir.

Scène 6

BÉLINE, ANGÉLIQUE, TOINETTE, ARGAN

ARGAN. – Ah ! ma femme, approchez.

BÉLINE. – Qu'avez-vous, mon pauvre mari ?

ARGAN. – Venez-vous-en ici à mon secours.

BÈLINE. – Qu'est-ce que c'est donc qu'il y a, mon petit fils ?

ARGAN. – Ma mie[2].

BÈLINE. – Mon ami.

ARGAN. – On vient de me mettre en colère !

BÈLINE. – Hélas ! pauvre petit mari. Comment donc, mon ami ?

ARGAN. – Votre coquine de Toinette est devenue plus insolente que jamais.

BÉLINE. – Ne vous passionnez donc point[3].

---

1. ***Ne vous faites point malade*** : ne vous rendez pas malade.
2. ***Ma mie*** : mon amie. Au XVIIe siècle, l'adjectif possessif (ma, ta, sa, mon, ton, son…) s'élide devant une voyelle. Cf. *infra* : mamour = mon amour.
3. ***Ne vous passionnez donc point*** : ne vous mettez pas en colère.

ARGAN. – Elle m'a fait enrager, ma mie.

BÉLINE. – Doucement, mon fils.

ARGAN. – Elle a contrecarré [1], une heure durant, les choses que je veux faire.

BÉLINE. – Là, là, tout doux.

ARGAN. – Et a eu l'effronterie de me dire que je ne suis point malade.

BÉLINE. – C'est une impertinente.

ARGAN. – Vous savez, mon cœur, ce qui en est.

BÉLINE. – Oui, mon cœur, elle a tort.

ARGAN. – Mamour, cette coquine-là me fera mourir.

BÉLINE. – Eh là, eh là !

ARGAN. – Elle est la cause de toute la bile que je fais.

BÉLINE. – Ne vous fâchez point tant.

ARGAN. – Et il y a je ne sais combien [2] que je vous dis de me la chasser.

BÉLINE. – Mon Dieu ! mon fils, il n'y a point de serviteurs et de servantes qui n'aient leurs défauts. On est contraint parfois de souffrir leurs mauvaises qualités à cause des bonnes. Celle-ci est adroite, soigneuse, diligente [3], et surtout fidèle, et vous savez qu'il faut maintenant de grandes précautions pour les gens que l'on prend. Holà ! Toinette.

TOINETTE. – Madame.

---

1. ***Elle a contrecarré*** : elle s'est opposée à.
2. ***Combien*** : combien de temps.
3. ***Diligente*** : rapide et habile.

BÉLINE. – Pourquoi donc est-ce que vous mettez mon mari en colère ?

TOINETTE, *d'un ton doucereux*[1]. – Moi, Madame, hélas ! Je ne sais pas ce que vous me voulez dire, et je ne songe qu'à complaire à Monsieur en toutes choses.

ARGAN. – Ah ! la traîtresse !

TOINETTE. – Il nous a dit qu'il voulait donner sa fille en mariage au fils de Monsieur Diafoirus ; je lui ai répondu que je trouvais le parti avantageux pour elle ; mais que je croyais qu'il ferait mieux de la mettre dans un couvent.

BÉLINE. – Il n'y a pas grand mal à cela, et je trouve qu'elle a raison.

ARGAN. – Ah ! mamour, vous la croyez. C'est une scélérate : elle m'a dit cent insolences.

BÉLINE. – Hé bien ! je vous crois, mon ami. Là, remettez-vous. Écoutez Toinette, si vous fâchez jamais[2] mon mari, je vous mettrai dehors. Çà, donnez-moi son manteau fourré et des oreillers, que je l'accommode[3] dans sa chaise. Vous voilà je ne sais comment. Enfoncez bien votre bonnet jusque sur vos oreilles : il n'y a rien qui enrhume tant que de prendre l'air par les oreilles.

ARGAN. – Ah ! ma mie, que je vous suis obligé de tous les soins que vous prenez de moi !

BÉLINE, *accommodant les oreillers qu'elle met autour d'Argan.* – Levez-vous, que je mette ceci sous vous. Mettons celui-ci pour vous appuyer, et celui-là de l'autre côté. Mettons celui-ci derrière votre dos, et cet autre-là pour soutenir votre tête.

---

1. ***Doucereux*** : d'une douceur affectée, hypocrite.

2. ***Si vous fâchez jamais*** : si vous fâchez encore une fois.

3. ***Que je l'accommode*** : que je l'installe.

TOINETTE, *lui mettant rudement un oreiller sur la tête, et puis fuyant.* – Et celui-ci pour vous garder du serein[1].

ARGAN *se lève en colère, et jette tous les oreillers à Toinette.* – Ah ! coquine, tu veux m'étouffer.

BÉLINE. – Eh là, eh là ! Qu'est-ce que c'est donc ?

ARGAN, *tout essoufflé, se jette dans sa chaise.* – Ah, ah, ah ! je n'en puis plus.

BÉLINE. – Pourquoi vous emporter ainsi ? Elle a cru faire bien.

ARGAN. – Vous ne connaissez pas, mamour, la malice[2] de la pendarde. Ah ! elle m'a mis tout hors de moi ; et il faudra plus de huit médecines, et de douze lavements, pour réparer tout ceci.

BÉLINE. – Là, là, mon petit ami, apaisez-vous un peu.

ARGAN. – Ma mie, vous êtes toute ma consolation.

BÈLINE. – Pauvre petit fils.

ARGAN. – Pour tâcher de reconnaître l'amour que vous me portez, je veux, mon cœur, comme je vous ai dit, faire mon testament.

BÈLINE. – Ah ! mon ami, ne parlons point de cela, je vous prie : je ne saurais souffrir[3] cette pensée ; et le seul mot de testament me fait tressaillir de douleur.

ARGAN. – Je vous avais dit de parler pour cela à votre notaire.

BÉLINE. – Le voilà là-dedans[4], que j'ai amené avec moi.

---

1. ***Serein*** : humidité qui tombe avec le soir.
2. ***Malice*** : méchanceté.
3. ***Souffrir*** : supporter.
4. ***Là-dedans*** : ici, dans la maison.

ARGAN. – Faites-le donc entrer, mamour.

BÉLINE. – Hélas ! mon ami, quand on aime bien un mari, on n'est guère en état de songer à tout cela.

Scène 7

LE NOTAIRE, BÉLINE, ARGAN

ARGAN. – Approchez, Monsieur de Bonnefoy, approchez. Prenez un siège, s'il vous plaît. Ma femme m'a dit, Monsieur, que vous étiez fort honnête homme, et tout à fait de ses amis ; et je l'ai chargée de vous parler pour [1] un testament que je veux faire.

BÉLINE. – Hélas ! je ne suis point capable de parler de ces choses-là.

LE NOTAIRE. – Elle m'a, Monsieur, expliqué vos intentions, et le dessein où vous êtes pour elle [2] ; et j'ai à vous dire là-dessus que vous ne sauriez rien donner à votre femme par votre testament.

ARGAN. – Mais pourquoi ?

LE NOTAIRE. – La Coutume [3] y résiste. Si vous étiez en pays de droit écrit, cela se pourrait faire ; mais, à Paris, et dans les pays coutumiers, au moins dans la plupart, c'est ce qui ne se peut, et la disposition [4] serait nulle. Tout l'avantage qu'homme et femme conjoints par mariage se peuvent faire l'un à l'autre, c'est un don mutuel entre vifs [5] ; encore faut-il qu'il n'y ait

1. ***Pour*** : à propos de, au sujet de.
2. ***Le dessein où vous êtes pour elle*** : ce que vous avez décidé de faire pour elle.
3. ***La Coutume*** : terme juridique. Les pays coutumiers sont ceux qui sont régis par des règles juridiques orales et non par un ensemble de règles écrites.
4. ***La disposition*** : le fait de disposer de son bien.
5. ***Entre vifs*** : entre personnes vivantes.

enfants, soit des deux conjoints, ou de l'un d'eux, lors du décès du premier mourant.

ARGAN. – Voilà une Coutume bien impertinente, qu'un mari ne puisse rien laisser à une femme dont il est aimé tendrement, et qui prend de lui tant de soin. J'aurais envie de consulter mon avocat, pour voir comment je pourrais faire.

LE NOTAIRE. – Ce n'est point à des avocats qu'il faut aller, car ils sont d'ordinaire sévères là-dessus, et s'imaginent que c'est un grand crime que de disposer en fraude de la loi. Ce sont gens de difficultés [1], et qui sont ignorants des détours de la conscience [2]. Il y a d'autres personnes à consulter, qui sont bien plus accommodantes, qui ont des expédients [3] pour passer doucement par-dessus la loi, et rendre juste ce qui n'est pas permis ; qui savent aplanir les difficultés d'une affaire, et trouver des moyens d'éluder la Coutume [4] par quelque avantage indirect. Sans cela, où en serions-nous tous les jours ? Il faut de la facilité dans les choses ; autrement nous ne ferions rien, et je ne donnerais pas un sou de notre métier.

ARGAN. – Ma femme m'avait bien dit, Monsieur, que vous étiez fort habile, et fort honnête homme. Comment puis-je faire, s'il vous plaît, pour lui donner mon bien, et en frustrer [5] mes enfants ?

LE NOTAIRE. – Comment vous pouvez faire ? Vous pouvez choisir doucement [6] un ami intime de votre femme, auquel vous donnerez en bonne forme [7] par votre testament tout ce que

1. ***Gens de difficultés*** : gens qui font des difficultés.
2. ***Détours de la conscience*** : moyens en apparence légaux pour détourner la loi.
3. ***Expédients*** : moyens.
4. ***Éluder la Coutume*** : éviter les lois coutumières.
5. ***Frustrer*** : priver.
6. ***Doucement*** : discrètement.
7. ***En bonne forme*** : conformément à la loi.

vous pouvez ; et cet ami ensuite lui rendra tout. Vous pouvez encore contracter un grand nombre d'obligations [1], non suspectes, au profit de divers créanciers [2], qui prêteront leur nom à votre femme, et entre les mains de laquelle ils mettront leur déclaration que ce qu'ils en ont fait n'a été que pour lui faire plaisir. Vous pouvez aussi, pendant que vous êtes en vie, mettre entre ses mains de l'argent comptant, ou des billets [3] que vous pourrez avoir, payables au porteur [4].

BÉLINE. – Mon Dieu ! il ne faut point vous tourmenter de tout cela. S'il vient faute de vous [5], mon fils, je ne veux plus rester au monde.

ARGAN. – Ma mie !

BÉLINE. – Oui, mon ami, si je suis assez malheureuse pour vous perdre…

ARGAN. – Ma chère femme !

BÉLINE. – La vie ne me sera plus de rien.

ARGAN. – Mamour !

BÉLINE. – Et je suivrai vos pas, pour vous faire connaître la tendresse que j'ai pour vous.

ARGAN. – Ma mie, vous me fendez le cœur. Consolez-vous, je vous en prie.

LE NOTAIRE. – Ces larmes sont hors de saison [6], et les choses n'en sont point encore là.

---

1. ***Obligations*** : documents par lesquels on reconnaît devoir de l'argent.
2. ***Créanciers*** : personnes à qui l'on doit de l'argent.
3. ***Billets*** : reconnaissances de dettes.
4. ***Payables au porteur*** : payables à celui qui détient le billet.
5. ***S'il vient faute de vous*** : si vous venez à mourir.
6. ***Hors de saison*** : hors de propos.

BÉLINE. – Ah ! Monsieur, vous ne savez pas ce que c'est qu'un mari qu'on aime tendrement.

ARGAN. – Tout le regret que j'aurai, si je meurs, ma mie, c'est de n'avoir point un enfant de vous. Monsieur Purgon m'avait dit qu'il m'en ferait faire un.

LE NOTAIRE. – Cela pourra venir encore.

ARGAN. – Il faut faire mon testament, mamour, de la façon que Monsieur dit ; mais, par précaution, je veux vous mettre entre les mains vingt mille francs en or, que j'ai dans le lambris [1] de mon alcôve, et deux billets payables au porteur, qui me sont dus, l'un par Monsieur Damon, et l'autre par Monsieur Gérante.

BÉLINE. – Non, non, je ne veux point de tout cela. Ah ! combien dites-vous qu'il y a dans votre alcôve [2] ?

ARGAN. – Vingt mille francs, mamour.

BÉLINE. – Ne me parlez point de bien, je vous prie. Ah ! de combien sont les deux billets ?

ARGAN. – Ils sont, ma mie, l'un de quatre mille francs, et l'autre de six.

BÉLINE. – Tous les biens du monde, mon ami, ne me sont rien au prix de vous.

LE NOTAIRE. – Voulez-vous que nous procédions au testament ?

ARGAN. – Oui, Monsieur, mais nous serons mieux dans mon petit cabinet [3]. Mamour, conduisez-moi, je vous prie.

BÉLINE. – Allons, mon pauvre petit fils.

---

1. ***Lambris*** : revêtement de bois disposé sur un mur.
2. ***Alcôve*** : renfoncement ménagé dans une chambre pour un ou plusieurs lits.
3. ***Cabinet*** : petite pièce de travail.

Scène 8

ANGÉLIQUE, TOINETTE

TOINETTE. – Les voilà avec un notaire, et j'ai ouï[1] parler de testament. Votre belle-mère ne s'endort point, et c'est sans doute quelque conspiration contre vos intérêts où[2] elle pousse votre père.

ANGÉLIQUE. – Qu'il dispose de son bien à sa fantaisie[3], pourvu qu'il ne dispose point de mon cœur. Tu vois, Toinette, les desseins violents[4] que l'on fait sur lui. Ne m'abandonne point, je te prie, dans l'extrémité[5] où je suis.

TOINETTE. – Moi, vous abandonner ? j'aimerais mieux mourir. Votre belle-mère a beau me faire sa confidente, et me vouloir jeter dans ses intérêts, je n'ai jamais pu avoir d'inclination pour elle, et j'ai toujours été de votre parti. Laissez-moi faire : j'emploierai toute chose pour vous servir ; mais pour vous servir avec plus d'effet, je veux changer de batterie[6], couvrir[7] le zèle que j'ai pour vous, et feindre d'entrer dans les sentiments de votre père et de votre belle-mère.

ANGÉLIQUE. – Tâche, je t'en conjure, de faire donner avis[8] à Cléante du mariage qu'on a conclu.

---

1. ***Ouï*** : entendu.
2. ***Où*** : à laquelle.
3. ***À sa fantaisie*** : à sa guise.
4. ***Desseins violents*** : machinations.
5. ***Extrémité*** : malheur.
6. ***Changer de batterie*** : utiliser d'autres moyens, d'autres méthodes.
7. ***Couvrir*** : cacher.
8. ***Faire donner avis*** : prévenir.

TOINETTE. – Je n'ai personne à employer à cet office, que le vieux usurier[1] Polichinelle[2], mon amant, et il m'en coûtera pour cela quelques paroles de douceur, que je veux bien dépenser pour vous. Pour aujourd'hui il est trop tard ; mais demain, du grand matin, je l'enverrai quérir[3], et il sera ravi de...

BÉLINE. – Toinette !

TOINETTE. – Voilà qu'on m'appelle. Bonsoir. Reposez-vous sur moi.

Premier intermède

Polichinelle, dans la nuit, vient pour donner une sérénade[4] à sa maîtresse. Il est interrompu d'abord par des violons, contre lesquels il se met en colère, et ensuite par le Guet[5], composé de musiciens et de danseurs.

POLICHINELLE

Ô amour, amour, amour, amour ! Pauvre Polichinelle, quelle diable de fantaisie t'es-tu allé mettre dans la cervelle ? À quoi t'amuses-tu[6], misérable insensé que tu es ? Tu quittes le soin de ton négoce[7], et tu laisses aller tes affaires à l'abandon. Tu ne manges plus, tu ne bois presque plus, tu perds le repos de la nuit ; et tout cela pour qui ? Pour une dragonne[8], franche dragonne, une diablesse qui te rembarre[9], et se moque de tout ce que tu peux lui dire. Mais il n'y a point à raisonner là-dessus. Tu

1. ***Usurier*** : personne qui prête de l'argent en prenant des intérêts.
2. ***Polichinelle*** : personnage de la *commedia dell'arte*.
3. ***Quérir*** : chercher.
4. ***Sérénade*** : concert qui se donne la nuit sous les fenêtres de la femme aimée.
5. ***Guet*** : patrouille chargée de surveiller une ville pendant la nuit.
6. ***À quoi t'amuses-tu ?*** : à quoi perds-tu ton temps ?
7. ***Négoce*** : commerce, travail.
8. ***Dragonne*** : mégère, femme acariâtre.
9. ***Rembarre*** : repousse.

le veux, amour : il faut être fou comme beaucoup d'autres. Cela n'est pas le mieux du monde à [1] un homme de mon âge ; mais qu'y faire ? On n'est pas sage quand on veut, et les vieilles cervelles se démontent comme les jeunes.

Je viens voir si je ne pourrai point adoucir ma tigresse par une sérénade. Il n'y a rien parfois qui soit si touchant qu'un amant qui vient chanter ses doléances [2] aux gonds et aux verrous de la porte de sa maîtresse. Voici de quoi accompagner ma voix. Ô nuit : ô chère nuit ! porte mes plaintes amoureuses jusque dans le lit de mon inflexible [3].

Il chante ces paroles :

Notte e di v'amo e v'adoro,
Cerco un si per mio ristoro ;
Ma se voi dite di no,
Bell' ingrata, io morirò.

Fra la speranza
S'afflige il cuore,
In lontananza
Consuma l'hore ;
Si dolce inganno
Che mi figura
Breve l'affanno
Ahi ! troppo dura !
Cosi per tropp'amar languisco e muoro.

Notte e di v'amo e v'adoro,
Cerco un si per mio ristoro ;
Ma se voi dite di no,
Bell' ingrata, io morirò.

---

1. ***À*** : pour.
2. ***Doléances*** : plaintes.
3. ***Inflexible*** : personne qui ne se laisse pas fléchir ou attendrir.

Se non dormite,
Almen pensate
Alle ferite
Ch'al cuor mi fate ;
Deh ! almen fingete,
Per mio conforto,
Se m'uccidete,
D'haver il torto :
Vostra pietà mi scemarà il martoro.

Notte e di v'amo e v'adoro,
Cerco un si per mio ristoro ;
Ma se voi dite di no,
Bell' ingrata, io morirò.

UNE VIEILLE *se présente à la fenêtre, et répond au signor Polichinelle en se moquant de lui.*

Zerbinetti, ch'ogn' hor con finti sguardi,
Mentiti desiri,
Fallaci sospiri,
Accenti buggiardi,
Di fede vi preggiate,
Ah ! che non m'ingannate,
Che già so per prova
Ch'in voi non si trova
Constanza ne fede :
Oh ! quanto è pazza colei che vi crede !

Quei sguardi languidi
Non m'innamorano,
Quei sospir fervidi
Più non m'infiammano,
Vel giuro a fè.
Zerbino misero,

Del vostro piangere
Il mio cor libero
Vuol sempre ridere,
Credet' a me :
Che già so per prova
Ch' in voi non si trova
Constanza ne fede :
Oh ! quanto è pazza colei che vi crede !

VIOLONS

POLICHINELLE

Quelle impertinente harmonie vient interrompre ici ma voix ?

VIOLONS

POLICHINELLE

Paix là, taisez-vous, violons. Laissez-moi me plaindre à mon aise des cruautés de mon inexorable[1].

VIOLONS

POLICHINELLE

Taisez-vous, vous dis-je. C'est moi qui veux chanter.

VIOLONS

POLICHINELLE

Paix donc !

VIOLONS

POLICHINELLE

Ouais !

1. ***Inexorable*** : personne que l'on ne peut fléchir.

VIOLONS

POLICHINELLE

Ahi !

VIOLONS

POLICHINELLE

Est-ce pour rire ?

VIOLONS

POLICHINELLE

Ah ! que de bruit !

VIOLONS

POLICHINELLE

Le diable vous emporte !

VIOLONS

POLICHINELLE

J'enrage.

VIOLONS

POLICHINELLE

Vous ne vous tairez pas ? Ah ! Dieu soit loué !

VIOLONS

POLICHINELLE

Encore ?

VIOLONS

POLICHINELLE

Peste des violons !

VIOLONS

POLICHINELLE

La sotte musique que voilà !

VIOLONS

POLICHINELLE

La, la, la, la, la, la.

VIOLONS

POLICHINELLE

La, la, la, la, la, la.

VIOLONS

POLICHINELLE

La, la, la, la, la, la, la, la.

VIOLONS

POLICHINELLE

La, la, la, la, la.

VIOLONS

POLICHINELLE

La, la, la, la, la, la.

VIOLONS

POLICHINELLE, *avec un luth, dont il ne joue que des lèvres et de la langue, en disant : plin plan plan, etc.*

Par ma foi ! cela me divertit. Poursuivez, Messieurs les Violons, vous me ferez plaisir. Allons donc, continuez, je vous en prie. Voilà le moyen de les faire taire. La musique est accoutumée à ne point faire ce qu'on veut. Ho sus, à nous ! Avant que de chanter, il faut que je prélude[1] un peu, et joue quelque pièce, afin de mieux prendre mon ton. *Plan, plan, plan. Plin, plin, plin.* Voilà un temps fâcheux pour mettre un luth d'accord[2]. *Plin, plin, plin. Plin tan plan. Plin, plin.* Les cordes ne tiennent point par ce temps-là. *Plin, plan.* J'entends du bruit, mettons mon luth contre la porte.

ARCHERS[3], *passant dans la rue, accourent au bruit qu'ils entendent et demandent :*

Qui va là, qui va là ?

POLICHINELLE, *tout bas.*

Qui diable est-ce là ? Est-ce que c'est la mode de parler en musique ?

ARCHERS

Qui va là, qui va là, qui va là ?

POLICHINELLE, *épouvanté.*

Moi, moi, moi.

ARCHERS

Qui va là, qui va là ? vous dis-je.

POLICHINELLE

Moi, moi, vous dis-je.

ARCHERS

Et qui toi ? et qui toi ?

POLICHINELLE

Moi, moi, moi, moi, moi, moi.

ARCHERS

Dis ton nom, dis ton nom, sans davantage attendre.

---

1. ***Il faut que je prélude*** : il faut que j'essaie ma voix.
2. ***Pour mettre un luth d'accord*** : pour accorder un luth.
3. ***Archers*** : agents de police sous l'Ancien Régime.

POLICHINELLE, *feignant d'être bien hardi.*

Mon nom est : « Va te faire pendre. »

ARCHERS

Ici, camarades, ici.
Saisissons l'insolent qui nous répond ainsi.

ENTRÉE DE BALLET

Tout le Guet vient, qui cherche Polichinelle dans la nuit.

VIOLONS ET DANSEURS

POLICHINELLE

Qui va là ?

VIOLONS ET DANSEURS

POLICHINELLE

Qui sont les coquins que j'entends ?

VIOLONS ET DANSEURS

POLICHINELLE

Euh ?

VIOLONS ET DANSEURS

POLICHINELLE

Holà, mes laquais, mes gens[1] *!*

VIOLONS ET DANSEURS

POLICHINELLE

Par la mort !

1. ***Mes gens*** : mes serviteurs.

VIOLONS ET DANSEURS

POLICHINELLE

Par le sang[1] *!*

VIOLONS ET DANSEURS

POLICHINELLE

J'en jetterai par terre.

VIOLONS ET DANSEURS

POLICHINELLE

Champagne, Poitevin, Picard, Basque, Breton[2] *!*

VIOLONS ET DANSEURS

POLICHINELLE

Donnez-moi mon mousqueton[3]*.*

VIOLONS ET DANSEURS

POLICHINELLE *tire un coup de pistolet.*

Poue.

Ils tombent tous et s'enfuient.

POLICHINELLE, *en se moquant.*

Ah ! ah ! ah ! ah ! comme je leur ai donné l'épouvante ! Voilà de sottes gens d'avoir peur de moi, qui ai peur des autres. Ma foi ! il n'est que de jouer d'adresse en ce monde. Si je n'avais tranché du[4] grand seigneur, et n'avais fait le brave, ils n'auraient pas manqué de me happer[5]. Ah ! ah ! ah !

1. ***Par la mort! par le sang!*** : jurons euphémisés, contractions de « par la mort de Dieu », « par le sang de Dieu ».
2. ***Champagne* [...] *Breton...*** : Polichinelle appelle ses laquais imaginaires en les nommant du nom de leur province d'origine.
3. ***Mousqueton*** : pistolet court et de gros calibre.
4. ***Trancher de*** : donner l'apparence de.
5. ***Happer*** : arrêter.

Les archers se rapprochent, et ayant entendu ce qu'il disait, ils le saisissent au collet.

ARCHERS

Nous le tenons. À nous, camarades, à nous.
Dépêchez, de la lumière.

BALLET

Tout le Guet vient avec des lanternes.

ARCHERS

Ah ! traître ! ah ! fripon ! c'est donc vous ?
Faquin, maraud, pendard, impudent, téméraire,
Insolent, effronté, coquin, filou, voleur,
Vous osez nous faire peur ?

POLICHINELLE

Messieurs, c'est que j'étais ivre.

ARCHERS

Non, non, non, point de raison ;
Il faut vous apprendre à vivre.
En prison, vite, en prison.

POLICHINELLE

Messieurs, je ne suis point voleur.

ARCHERS

En prison.

POLICHINELLE

Je suis un bourgeois de la ville.

ARCHERS

En prison.

POLICHINELLE

Qu'ai-je fait ?

ARCHERS

En prison, vite, en prison.

POLICHINELLE

Messieurs, laissez-moi aller.

ARCHERS

Non.

POLICHINELLE

Je vous prie.

ARCHERS

Non.

POLICHINELLE

Eh !

ARCHERS

Non.

POLICHINELLE

De grâce.

ARCHERS

Non, non.

POLICHINELLE

Messieurs.

ARCHERS

Non, non, non.

POLICHINELLE

S'il vous plaît.

ARCHERS

Non, non.

POLICHINELLE

Par charité.

ARCHERS

Non, non.

POLICHINELLE

Au nom du Ciel !

ARCHERS

Non, non.

POLICHINELLE

Miséricorde !

ARCHERS

Non, non, non, point de raison ;
Il faut vous apprendre à vivre.
En prison, vite, en prison.

POLICHINELLE

Hé ! n'est-il rien, Messieurs, qui soit capable d'attendrir vos âmes ?

ARCHERS

Il est aisé de nous toucher,
Et nous sommes humains plus qu'on ne saurait croire ;
Donnez-nous doucement six pistoles [1] *pour boire,*
Nous allons vous lâcher.

POLICHINELLE

Hélas ! Messieurs, je vous assure que je n'ai pas un sou sur moi.

ARCHERS

Au défaut de six pistoles,
Choisissez donc sans façon

---

1. ***Pistole*** : monnaie d'or battue en Espagne et qui valait dix livres.

D'avoir trente croquignoles[1]
Ou douze coups de bâton.

POLICHINELLE

Si c'est une nécessité, et qu'il faille en passer par là, je choisis les croquignoles.

ARCHERS

Allons, préparez-vous,
Et comptez bien les coups.

BALLET

Archers danseurs lui donnent des croquignoles en cadence.

POLICHINELLE

Un et deux, trois et quatre, cinq et six, sept et huit, neuf et dix, onze et douze, et treize, et quatorze, et quinze.

ARCHERS

Ah ! ah ! vous en voulez passer[2] :
Allons, c'est à recommencer.

POLICHINELLE

Ah ! Messieurs, ma pauvre tête n'en peut plus, et vous venez de me la rendre comme une pomme cuite. J'aime mieux encore les coups de bâton que de recommencer.

ARCHERS

Soit ! puisque le bâton est pour vous plus charmant,
Vous aurez contentement.

BALLET

Les Archers danseurs lui donnent des coups de bâton en cadence.

---

1. ***Croquignoles*** : coups sur la tête.
2. ***Vous en voulez passer*** : vous voulez échapper (à votre punition).

POLICHINELLE

Un, deux, trois, quatre, cinq, six, ah ! ah ! ah ! je n'y saurais plus résister. Tenez, Messieurs, voilà six pistoles que je vous donne.

ARCHERS

Ah ! l'honnête homme ! Ah ! l'âme noble et belle !
Adieu, seigneur, adieu, seigneur Polichinelle.

POLICHINELLE

Messieurs, je vous donne le bonsoir.

ARCHERS

Adieu, seigneur, adieu, seigneur Polichinelle.

POLICHINELLE

Votre serviteur.

ARCHERS

Adieu, seigneur, adieu, seigneur Polichinelle.

POLICHINELLE

Très humble valet.

ARCHERS

Adieu, seigneur, adieu, seigneur Polichinelle.

POLICHINELLE

Jusqu'au revoir.

BALLET

Ils dansent tous, en réjouissance de l'argent qu'ils ont reçu.
Le théâtre[1] *change et représente la même chambre.*

---

1. ***Le théâtre*** : le décor.

ACTE II

Scène 1

TOINETTE, CLÉANTE

TOINETTE. – Que demandez-vous, Monsieur ?

CLÉANTE. – Ce que je demande ?

TOINETTE. – Ah ! ah ! c'est vous ? Quelle surprise ! Que venez-vous faire céans [1] ?

CLÉANTE. – Savoir ma destinée, parler à l'aimable Angélique, consulter les sentiments de son cœur, et lui demander ses résolutions sur ce mariage fatal dont on m'a averti.

TOINETTE. – Oui, mais on ne parle pas comme cela de but en blanc à Angélique : il faut des mystères, et l'on vous a dit l'étroite garde où elle est retenue, qu'on ne la laisse ni sortir, ni parler à personne, et que ce ne fut que la curiosité [2] d'une vieille tante qui nous fit accorder la liberté d'aller à cette comédie qui donna lieu à la naissance de votre passion ; et nous nous sommes bien gardées de parler de cette aventure.

---

1. ***Céans*** : ici, dans cette maison.
2. ***Curiosité*** : intérêt (de la tante pour sa nièce).

CLÉANTE. – Aussi ne viens-je pas ici comme Cléante et sous l'apparence de son amant, mais comme ami de son maître de musique, dont j'ai obtenu le pouvoir de dire qu'il m'envoie à sa place.

TOINETTE. – Voici son père. Retirez-vous un peu, et me laissez lui dire [1] que vous êtes là.

Scène 2

ARGAN, TOINETTE, CLÉANTE

ARGAN. – Monsieur Purgon m'a dit de me promener le matin dans ma chambre, douze allées, et douze venues ; mais j'ai oublié à [2] lui demander si c'est en long, ou en large.

TOINETTE. – Monsieur, voilà un…

ARGAN. – Parle bas, pendarde : tu viens m'ébranler tout le cerveau, et tu ne songes pas qu'il ne faut point parler si haut à des malades.

TOINETTE. – Je voulais vous dire, Monsieur…

ARGAN. – Parle bas, te dis-je.

TOINETTE. – Monsieur…

Elle fait semblant de parler.

ARGAN. – Eh ?

TOINETTE. – Je vous dis que…

Elle fait semblant de parler.

ARGAN. – Qu'est-ce que tu dis ?

---

1. ***Et me laissez lui dire*** : et laissez-moi lui dire.
2. ***À*** : de.

TOINETTE, *haut*. – Je dis que voilà un homme qui veut parler à vous[1].

ARGAN. – Qu'il vienne.

Toinette fait signe à Cléante d'avancer.

CLÉANTE. – Monsieur...

TOINETTE, *raillant*. – Ne parlez pas si haut, de peur d'ébranler le cerveau de Monsieur.

CLÉANTE. – Monsieur, je suis ravi de vous trouver debout et de voir que vous vous portez mieux.

TOINETTE, *feignant d'être en colère*. – Comment « qu'il se porte mieux » ? Cela est faux : Monsieur se porte toujours mal.

CLÉANTE. – J'ai ouï dire que Monsieur était mieux, et je lui trouve bon visage.

TOINETTE. – Que voulez-vous dire avec votre bon visage ? Monsieur l'a fort mauvais, et ce sont des impertinents qui vous ont dit qu'il était mieux. Il ne s'est jamais si mal porté.

ARGAN. – Elle a raison.

TOINETTE. – Il marche, dort, mange, et boit tout comme les autres ; mais cela n'empêche pas qu'il ne soit fort malade.

ARGAN. – Cela est vrai.

CLÉANTE. – Monsieur, j'en suis au désespoir. Je viens de la part du maître à chanter de Mademoiselle votre fille. Il s'est vu obligé d'aller à la campagne pour quelques jours ; et comme son ami intime[2], il m'envoie à sa place, pour lui continuer ses leçons, de peur qu'en les interrompant elle ne vînt à oublier ce qu'elle sait déjà.

---

1. ***Parler à vous*** : vous parler (familier).
2. ***Comme son ami intime*** : comme je suis son ami intime.

ARGAN. – Fort bien. Appelez Angélique.

TOINETTE. – Je crois, Monsieur, qu'il sera mieux de mener Monsieur à sa chambre.

ARGAN. – Non ; faites-la venir.

TOINETTE. – Il ne pourra lui donner leçon comme il faut, s'ils ne sont en particulier[1].

ARGAN. – Si fait, si fait.

TOINETTE. – Monsieur, cela ne fera que vous étourdir[2], et il ne faut rien pour vous émouvoir en l'état où vous êtes, et vous ébranler le cerveau.

ARGAN. – Point, point : j'aime la musique, et je serai bien aise de... Ah ! la voici. Allez-vous-en voir, vous, si ma femme est habillée.

Scène 3

ARGAN, ANGÉLIQUE, CLÉANTE

ARGAN. – Venez, ma fille : votre maître de musique est allé aux champs[3], et voilà une personne qu'il envoie à sa place pour vous montrer[4].

ANGÉLIQUE. – Ah, Ciel !

ARGAN. – Qu'est-ce ? d'où vient cette surprise ?

ANGÉLIQUE. – C'est...

---

1. ***En particulier*** : seuls.
2. ***Étourdir*** : fatiguer.
3. ***Aux champs*** : à la campagne.
4. ***Pour vous montrer*** : pour vous donner votre leçon.

ARGAN. – Quoi ? qui [1] vous émeut de la sorte ?

ANGÉLIQUE. – C'est, mon père, une aventure surprenante qui se rencontre [2] ici.

ARGAN. – Comment ?

ANGÉLIQUE. – J'ai songé [3] cette nuit que j'étais dans le plus grand embarras du monde, et qu'une personne faite tout comme Monsieur s'est présentée à moi, à qui j'ai demandé secours, et qui m'est venue tirer de la peine où j'étais ; et ma surprise a été grande de voir inopinément [4], en arrivant ici, ce que j'ai eu dans l'idée toute la nuit.

CLÉANTE. – Ce n'est pas être malheureux que d'occuper votre pensée, soit en dormant, soit en veillant [5], et mon bonheur serait grand sans doute si vous étiez dans quelque peine dont vous me jugeassiez digne de vous tirer ; et il n'y a rien que je ne fisse pour…

Scène 4

TOINETTE, CLÉANTE, ANGÉLIQUE, ARGAN

TOINETTE, *par dérision.* – Ma foi, Monsieur, je suis pour vous [6] maintenant, et je me dédis de tout ce que je disais hier [7]. Voici Monsieur Diafoirus le père, et Monsieur Diafoirus le fils, qui

1. ***Qui ?*** : qu'est-ce qui ?
2. ***Qui se rencontre*** : qui arrive.
3. ***J'ai songé*** : j'ai rêvé.
4. ***Inopinément*** : de façon inattendue.
5. ***Soit en dormant, soit en veillant*** : quand vous dormez ou quand vous êtes éveillée.
6. ***Je suis pour vous*** : je suis de votre avis.
7. ***Je me dédis de tout ce que je disais hier*** : je reviens sur mes paroles d'hier.

viennent vous rendre visite. Que vous serez bien engendré[1] ! Vous allez voir le garçon le mieux fait du monde, et le plus spirituel. Il n'a dit que deux mots, qui m'ont ravie, et votre fille va être charmée de lui.

ARGAN, *à Cléante, qui feint de vouloir s'en aller.* – Ne vous en allez point, Monsieur. C'est que je marie ma fille ; et voilà qu'on lui amène son prétendu mari[2], qu'elle n'a point encore vu.

CLÉANTE. – C'est m'honorer beaucoup, Monsieur, de vouloir que je sois témoin d'une entrevue si agréable.

ARGAN. – C'est le fils d'un habile[3] médecin, et le mariage se fera dans quatre jours.

CLÉANTE. – Fort bien.

ARGAN. – Mandez-le[4] un peu à son maître de musique, afin qu'il se trouve à la noce.

CLÉANTE. – Je n'y manquerai pas.

ARGAN. – Je vous y prie aussi.

CLÉANTE. – Vous me faites beaucoup d'honneur.

TOINETTE. – Allons, qu'on se range, les voici.

---

1. ***Que vous serez bien engendré*** : que vous aurez un bon gendre.
2. ***Prétendu mari*** : futur mari, prétendant.
3. ***Habile*** : savant et compétent.
4. ***Mandez-le*** : faites-le savoir.

Scène 5

MONSIEUR DIAFOIRUS, THOMAS DIAFOIRUS, ARGAN, ANGÉLIQUE, CLÉANTE, TOINETTE

ARGAN, *mettant la main à son bonnet sans l'ôter.* – Monsieur Purgon, Monsieur, m'a défendu de découvrir ma tête. Vous êtes du métier, vous savez les conséquences.

MONSIEUR DIAFOIRUS. – Nous sommes dans toutes nos visites pour[1] porter secours aux malades, et non pour leur porter de l'incommodité.

ARGAN. – Je reçois, Monsieur...

Ils parlent tous deux en même temps, s'interrompent et confondent.

MONSIEUR DIAFOIRUS. – Nous venons ici, Monsieur...

ARGAN. – Avec beaucoup de joie...

MONSIEUR DIAFOIRUS. – Mon fils Thomas, et moi...

ARGAN. – L'honneur que vous me faites...

MONSIEUR DIAFOIRUS. – Vous témoigner, Monsieur...

ARGAN. – Et j'aurais souhaité...

MONSIEUR DIAFOIRUS. – Le ravissement où nous sommes...

ARGAN. – De pouvoir aller chez vous...

MONSIEUR DIAFOIRUS. – De la grâce que vous nous faites...

ARGAN. – Pour vous en assurer...

---

1. ***Nous sommes pour*** : nous devons.

MONSIEUR DIAFOIRUS. – De vouloir bien nous recevoir…

ARGAN. – Mais vous savez, Monsieur…

MONSIEUR DIAFOIRUS. – Dans l'honneur, Monsieur…

ARGAN. – Ce que c'est qu'un pauvre malade…

MONSIEUR DIAFOIRUS. – De votre alliance[1]…

ARGAN. – Qui ne peut faire autre chose…

MONSIEUR DIAFOIRUS. – Et vous assurer…

ARGAN. – Que de vous dire ici…

MONSIEUR DIAFOIRUS. – Que dans les choses qui dépendront de notre métier…

ARGAN. – Qu'il cherchera toutes les occasions…

MONSIEUR DIAFOIRUS. – De même qu'en toute autre…

ARGAN. – De vous faire connaître, Monsieur…

MONSIEUR DIAFOIRUS. – Nous serons toujours prêts, Monsieur…

ARGAN. – Qu'il est tout à votre service…

MONSIEUR DIAFOIRUS. – À vous témoigner notre zèle[2]. (*Il se retourne vers son fils et lui dit :*) Allons, Thomas, avancez. Faites vos compliments[3].

THOMAS DIAFOIRUS *est un grand benêt, nouvellement sorti des Écoles, qui fait toutes choses de mauvaise grâce*[4] *et à contretemps.* – N'est-ce pas par le père qu'il convient commencer ?

MONSIEUR DIAFOIRUS. – Oui.

---

1. ***Alliance*** : le fait de devenir parents par le mariage des enfants.
2. ***Zèle*** : ardeur à rendre service.
3. ***Compliments*** : discours de politesse adressés à des personnes de marque.
4. ***De mauvaise grâce*** : maladroitement.

THOMAS DIAFOIRUS. – Monsieur, je viens saluer, reconnaître, chérir, et révérer[1] en vous un second père ; mais un second père auquel j'ose dire que je me trouve plus redevable qu'au premier. Le premier m'a engendré ; mais vous m'avez choisi. Il m'a reçu par nécessité ; mais vous m'avez accepté par grâce[2]. Ce que je tiens de lui est un ouvrage de son corps ; mais ce que je tiens de vous est un ouvrage de votre volonté ; et d'autant plus que les facultés spirituelles sont au-dessus des corporelles, d'autant plus je vous dois, et d'autant plus je tiens précieuse cette future filiation[3], dont je viens aujourd'hui vous rendre par avance les très humbles et très respectueux hommages.

TOINETTE. – Vivent les collèges, d'où l'on sort si habile homme !

THOMAS DIAFOIRUS. – Cela a-t-il bien été, mon père ?

MONSIEUR DIAFOIRUS. – *Optime*[4].

ARGAN, *à Angélique*. – Allons, saluez Monsieur.

THOMAS DIAFOIRUS. – Baiserai-je[5] ?

MONSIEUR DIAFOIRUS. – Oui, oui.

THOMAS DIAFOIRUS, *à Angélique*. – Madame, c'est avec justice que le Ciel vous a concédé le nom de belle-mère, puisque l'on…

ARGAN. – Ce n'est pas ma femme, c'est ma fille à qui vous parlez.

THOMAS DIAFOIRUS. – Où donc est-elle ?

ARGAN. – Elle va venir.

---

1. ***Révérer*** : honorer.
2. ***Par grâce*** : par faveur.
3. ***Filiation*** : descendance de père en fils. Par le mariage, Thomas va devenir le fils d'Argan.
4. ***Optime*** (mot latin) : très bien.
5. ***Baiserai-je ?*** : dois-je lui baiser la joue ? (manière usuelle de saluer les dames selon la mode de l'époque).

THOMAS DIAFOIRUS. – Attendrai-je, mon père, qu'elle soit venue ?

MONSIEUR DIAFOIRUS. – Faites toujours le compliment de Mademoiselle.

THOMAS DIAFOIRUS. – Mademoiselle, ni plus ni moins que la statue de Memnon[1] rendait un son harmonieux, lorsqu'elle venait à être éclairée des rayons du soleil : tout de même me sens-je animé d'un doux transport[2] à l'apparition du soleil de vos beautés. Et comme les naturalistes remarquent que la fleur nommée héliotrope[3] tourne sans cesse vers cet astre du jour, aussi mon cœur dores-en-avant[4] tournera-t-il toujours vers les astres resplendissants de vos yeux adorables, ainsi que vers son pôle unique. Souffrez donc, Mademoiselle, que j'appende[5] aujourd'hui à l'autel de vos charmes l'offrande de ce cœur, qui ne respire ni n'ambitionne autre gloire que d'être toute sa vie, Mademoiselle, votre très humble, très obéissant et très fidèle serviteur et mari.

TOINETTE, *en le raillant.* – Voilà ce que c'est que d'étudier, on apprend à dire de belles choses.

ARGAN. – Eh ! que dites-vous de cela ?

CLÉANTE. – Que Monsieur fait merveilles, et que s'il est aussi bon médecin qu'il est bon orateur, il y aura plaisir à être de ses malades.

TOINETTE. – Assurément. Ce sera quelque chose d'admirable s'il fait d'aussi belles cures[6] qu'il fait de beaux discours.

---

1. ***Statue de Memnon*** : statue qui représentait, selon les Grecs, Memnon, fils de l'Aurore. On disait que cette statue chantait au lever du soleil.
2. ***Transport*** : mouvement d'émotion.
3. ***Héliotrope*** : littéralement, « qui se tourne vers le soleil ». Le tournesol est une variété de l'héliotrope.
4. ***Dores-en-avant*** : dorénavant.
5. ***J'appende*** : je suspende.
6. ***Cures*** : traitements.

ARGAN. – Allons vite, ma chaise, et des sièges à tout le monde. Mettez-vous là, ma fille. Vous voyez, Monsieur, que tout le monde admire Monsieur votre fils, et je vous trouve bien heureux de vous voir un garçon comme cela.

MONSIEUR DIAFOIRUS. – Monsieur, ce n'est pas parce que je suis son père, mais je puis dire que j'ai sujet d'être content de lui, et que tous ceux qui le voient en parlent comme d'un garçon qui n'a point de méchanceté. Il n'a jamais eu l'imagination bien vive, ni ce feu d'esprit[1] qu'on remarque dans quelques-uns; mais c'est par là que j'ai toujours bien auguré[2] de sa judiciaire[3], qualité requise pour l'exercice de notre art. Lorsqu'il était petit, il n'a jamais été ce qu'on appelle mièvre[4] et éveillé. On le voyait toujours doux, paisible, et taciturne[5], ne disant jamais mot, et ne jouant jamais à tous ces petits jeux que l'on nomme enfantins. On eut toutes les peines du monde à lui apprendre à lire, et il avait neuf ans, qu'il ne connaissait pas encore ses lettres. « Bon, disais-je en moi-même, les arbres tardifs sont ceux qui portent les meilleurs fruits ; on grave sur le marbre bien plus malaisément que sur le sable ; mais les choses y sont conservées bien plus longtemps, et cette lenteur à comprendre, cette pesanteur d'imagination, est la marque d'un bon jugement à venir. » Lorsque je l'envoyai au collège, il trouva de la peine ; mais il se raidissait contre les difficultés, et ses régents[6] se louaient toujours à moi de son assiduité, et de son travail. Enfin, à force de battre le fer[7], il en est venu glorieusement à avoir ses licences ; et je puis dire sans vanité

1. ***Feu d'esprit*** : vivacité d'esprit.
2. ***Auguré*** : deviné.
3. ***Judiciaire*** : abréviation de qualité judiciaire, c'est-à-dire : jugement.
4. ***Mièvre*** : vif.
5. ***Taciturne*** : silencieux.
6. ***Régents*** : maîtres d'école.
7. ***Battre le fer*** (expression figurée) : s'obstiner.

que depuis deux ans qu'il est sur les bancs[1], il n'y a point de candidat qui ait fait plus de bruit[2] que lui dans toutes les disputes[3] de notre École. Il s'y est rendu redoutable, et il ne s'y passe point d'acte[4] où il n'aille argumenter à outrance[5] pour la proposition contraire. Il est ferme dans la dispute, fort comme un Turc sur ses principes, ne démord jamais de son opinion, et poursuit un raisonnement jusque dans les derniers recoins de la logique. Mais sur toute chose ce qui me plaît en lui, et en quoi il suit mon exemple, c'est qu'il s'attache aveuglément aux opinions de nos anciens, et que jamais il n'a voulu comprendre ni écouter les raisons et les expériences des prétendues découvertes de notre siècle, touchant la circulation du sang, et autres opinions de même farine[6].

THOMAS DIAFOIRUS. *Il tire une grande thèse roulée de sa poche, qu'il présente à Angélique.* – J'ai contre les circulateurs[7] soutenu une thèse, qu'avec la permission de Monsieur, j'ose présenter à Mademoiselle, comme un hommage que je lui dois des prémices[8] de mon esprit.

ANGÉLIQUE. – Monsieur, c'est pour moi un meuble[9] inutile, et je ne me connais pas à ces choses-là.

TOINETTE. – Donnez, donnez, elle est toujours bonne à prendre pour l'image[10] ; cela servira à parer notre chambre.

---

1. ***Sur les bancs*** : à la faculté.
2. ***Qui ait fait plus de bruit*** : qui se soit fait plus remarquer (en bien).
3. ***Disputes*** : discussions publiques portant sur le sujet d'une thèse.
4. ***Acte*** : discussion pratique portant sur le sujet d'une thèse.
5. ***À outrance*** : aussi loin que possible.
6. ***De même farine*** : du même genre.
7. ***Circulateurs*** : ceux qui soutiennent, depuis la découverte de William Harvey en 1619, qu'il y a circulation du sang dans le corps humain.
8. ***Prémices*** : commencement, début.
9. ***Meuble*** : objet.
10. ***Pour l'image*** : au XVIIe siècle, les thèses de médecine étaient décorées.

THOMAS DIAFOIRUS. – Avec la permission aussi de Monsieur, je vous invite à venir voir l'un de ces jours, pour vous divertir, la dissection d'une femme, sur quoi[1] je dois raisonner.

TOINETTE. – Le divertissement sera agréable. Il y en a qui donnent la comédie à leurs maîtresses ; mais donner une dissection est quelque chose de plus galant.

MONSIEUR DIAFOIRUS. – Au reste, pour ce qui est des qualités requises pour le mariage et la propagation[2], je vous assure que, selon les règles de nos docteurs, il est tel qu'on le peut souhaiter, qu'il possède en un degré louable la vertu prolifique[3] et qu'il est du tempérament qu'il faut pour engendrer et procréer des enfants bien conditionnés[4].

ARGAN. – N'est-ce pas votre intention, Monsieur, de le pousser à la cour, et d'y ménager pour lui une charge de médecin ?

MONSIEUR DIAFOIRUS. – À vous en parler franchement, notre métier auprès des grands ne m'a jamais paru agréable, et j'ai toujours trouvé qu'il valait mieux, pour nous autres, demeurer au public[5]. Le public est commode. Vous n'avez à répondre de vos actions à personne ; et pourvu que l'on suive le courant des règles de l'art, on ne se met point en peine de tout ce qui peut arriver. Mais ce qu'il y a de fâcheux auprès des grands, c'est que, quand ils viennent à être malades, ils veulent absolument que leurs médecins les guérissent.

TOINETTE. – Cela est plaisant, et ils sont bien impertinents de vouloir que vous autres Messieurs vous les guérissiez : vous n'êtes point auprès d'eux pour cela ; vous n'y êtes que pour

---

1. ***Sur quoi*** : sur laquelle.
2. ***Propagation*** : procréation.
3. ***Prolifique*** : qui permet d'engendrer.
4. ***Bien conditionnés*** : bien constitués.
5. ***Public*** : peuple.

recevoir vos pensions, et leur ordonner[1] des remèdes ; c'est à eux à[2] guérir s'ils peuvent.

MONSIEUR DIAFOIRUS. – Cela est vrai. On n'est obligé qu'à traiter les gens dans les formes[3].

ARGAN, *à Cléante.* – Monsieur, faites un peu chanter ma fille devant la compagnie.

CLÉANTE. – J'attendais vos ordres, Monsieur, et il m'est venu en pensée, pour divertir la compagnie, de chanter avec Mademoiselle une scène d'un petit opéra qu'on a fait depuis peu. Tenez, voilà votre partie[4].

ANGÉLIQUE. – Moi ?

CLÉANTE. – Ne vous défendez point, s'il vous plaît, et me laissez vous faire comprendre ce que c'est que la scène que nous devons chanter. Je n'ai pas une voix à chanter ; mais il suffit ici que je me fasse entendre, et l'on aura la bonté de m'excuser par la nécessité où je me trouve de faire chanter Mademoiselle.

ARGAN. – Les vers en sont-ils beaux ?

CLÉANTE. – C'est proprement ici un petit opéra impromptu[5], et vous n'allez entendre chanter que de la prose cadencée[6], ou des manières de[7] vers libres, tels que[8] la passion et la nécessité peuvent faire trouver à deux personnes qui disent les choses d'eux-mêmes, et parlent sur-le-champ.

ARGAN. – Fort bien. Écoutons.

---

1. ***Ordonner*** : faire une ordonnance.
2. ***À*** : de.
3. ***Dans les formes*** : selon les règles de l'art.
4. ***Partie*** : partie de chant.
5. ***Impromptu*** : improvisé.
6. ***Prose cadencée*** : prose que le rythme permet de chanter.
7. ***Des manières de*** : des sortes de.
8. ***Tels que*** : tels que ceux de.

CLÉANTE *sous le nom d'un berger, explique à sa maîtresse son amour depuis leur rencontre, et ensuite ils s'appliquent leurs pensées*[1] *l'un à l'autre en chantant.* – Voici le sujet de la scène. Un Berger était attentif aux beautés d'un spectacle, qui ne faisait que commencer, lorsqu'il fut tiré de son attention par un bruit qu'il entendit à ses côtés. Il se retourne, et voit un brutal, qui de paroles insolentes maltraitait une Bergère. D'abord il prend les intérêts d'un sexe à qui tous les hommes doivent hommage ; et après avoir donné au brutal le châtiment de son insolence, il vient à la Bergère, et voit une jeune personne qui, des deux plus beaux yeux qu'il eût jamais vus, versait des larmes, qu'il trouva les plus belles du monde. « Hélas ! dit-il en lui-même, est-on capable d'outrager une personne si aimable ? Et quel inhumain, quel barbare ne serait touché par de telles larmes ? » Il prend soin de les arrêter, ces larmes, qu'il trouve si belles ; et l'aimable Bergère prend soin en même temps de le remercier de son léger service, mais d'une manière si charmante, si tendre, et si passionnée, que le Berger n'y peut résister ; et chaque mot, chaque regard, est un trait plein de flamme, dont son cœur se sent pénétré. « Est-il, disait-il, quelque chose qui puisse mériter les aimables paroles d'un tel remerciement ? Et que ne voudrait-on pas faire, à quels services, à quels dangers, ne serait-on pas ravi de courir, pour s'attirer un seul moment des touchantes douceurs d'une âme si reconnaissante ? » Tout le spectacle passe sans qu'il y donne aucune attention ; mais il se plaint qu'il est trop court, parce qu'en finissant il le sépare de son adorable Bergère ; et de cette première vue, de ce premier moment, il emporte chez lui tout ce qu'un amour de plusieurs années peut avoir de plus violent. Le voilà aussitôt à sentir tous les maux de l'absence, et il est tourmenté de ne plus voir ce qu'il a si peu vu. Il fait tout ce qu'il peut pour se redonner cette vue[2], dont il conserve, nuit et jour, une si chère idée ; mais la

1. ***Ils s'appliquent leurs pensées*** : ils se disent leurs pensées.
2. ***Se redonner cette vue*** : pouvoir la revoir.

grande contrainte[1] où l'on tient sa Bergère lui en ôte tous les moyens. La violence de sa passion le fait résoudre à demander en mariage l'adorable beauté sans laquelle il ne peut plus vivre, et il en obtient d'elle la permission par un billet qu'il a l'adresse de lui faire tenir. Mais dans le même temps on l'avertit que le père de cette belle a conclu son mariage avec un autre, et que tout se dispose pour en célébrer la cérémonie. Jugez quelle atteinte cruelle au cœur de ce triste Berger. Le voilà accablé d'une mortelle douleur. Il ne peut souffrir l'effroyable idée de voir tout ce qu'il aime entre les bras d'un autre ; et son amour au désespoir lui fait trouver moyen de s'introduire dans la maison de sa Bergère, pour apprendre ses sentiments et savoir d'elle la destinée à laquelle il doit se résoudre. Il y rencontre les apprêts[2] de tout ce qu'il craint ; il y voit venir l'indigne rival que le caprice d'un père oppose aux tendresses de son amour. Il le voit triomphant, ce rival ridicule, auprès de l'aimable[3] Bergère, ainsi qu'auprès[4] d'une conquête qui lui est assurée ; et cette vue le remplit d'une colère, dont il a peine à se rendre le maître. Il jette de douloureux regards sur celle qu'il adore ; et son respect, et la présence de son père l'empêchent de lui rien dire que des yeux[5]. Mais enfin il force toute contrainte, et le transport de son amour[6] l'oblige à lui parler ainsi :

(Il chante.)

Belle Philis, c'est trop, c'est trop souffrir ;
Rompons ce dur silence, et m'ouvrez vos pensées.
Apprenez-moi ma destinée :
Faut-il vivre ? Faut-il mourir ?

1. ***Contrainte*** : surveillance excessive.
2. ***Les apprêts*** : les préparatifs.
3. ***Aimable*** (sens classique) : qui est digne d'être aimée.
4. ***Ainsi qu'auprès*** : comme il le serait auprès.
5. ***Que des yeux*** : qu'avec les yeux.
6. ***Le transport de son amour*** : sa passion.

ANGÉLIQUE *répond en chantant :*

Vous me voyez, Tircis, triste et mélancolique,
Aux apprêts de l'hymen[1] *dont vous vous alarmez :*
Je lève au ciel les yeux, je vous regarde, je soupire.
C'est vous en dire assez.

ARGAN. – Ouais ! je ne croyais pas que ma fille fût si habile que de chanter[2] ainsi à livre ouvert, sans hésiter.

CLÉANTE

Hélas ! belle Philis,
Se pourrait-il que l'amoureux Tircis
Eût assez de bonheur,
Pour avoir quelque place dans votre cœur ?

ANGÉLIQUE

Je ne m'en défends point dans cette peine extrême :
Oui, Tircis, je vous aime.

CLÉANTE

Ô parole pleine d'appas[3] *!*
Ai-je bien entendu, hélas !
Redites-la, Philis, que je n'en doute pas.

ANGÉLIQUE

Oui, Tircis, je vous aime.

CLÉANTE

De grâce, encor, Philis.

ANGÉLIQUE

Je vous aime.

CLÉANTE

Recommencez cent fois, ne vous en lassez pas.

---

1. ***Aux apprêts de l'hymen*** : aux préparatifs du mariage.
2. ***Si habile que de chanter*** : si savante au point de chanter.
3. ***Appas*** : promesses.

ANGÉLIQUE

Je vous aime, je vous aime,
Oui, Tircis, je vous aime.

CLÉANTE

Dieux, rois, qui sous vos pieds regardez tout le monde,
Pouvez-vous comparer votre bonheur au mien ?
Mais, Philis, une pensée
Vient troubler ce doux transport :
Un rival, un rival…

ANGÉLIQUE

Ah ! je le hais plus que la mort ;
Et sa présence, ainsi qu'à vous,
M'est un cruel supplice.

CLÉANTE

Mais un père à ses vœux vous veut assujettir[1].

ANGÉLIQUE

Plutôt, plutôt mourir
Que de jamais y consentir ;
Plutôt, plutôt mourir, plutôt mourir.

ARGAN. – Et que dit le père à tout cela ?

CLÉANTE. – Il ne dit rien.

ARGAN. – Voilà un sot père que ce père-là, de souffrir[2] toutes ces sottises-là sans rien dire.

CLÉANTE

Ah ! mon amour…

1. ***Vous assujettir*** : vous soumettre.
2. ***Souffrir*** : supporter.

ARGAN. – Non, non, en voilà assez. Cette comédie-là est de fort mauvais exemple. Le berger Tircis est un impertinent, et la bergère Philis une impudente[1], de parler de la sorte devant son père. Montrez-moi ce papier. Ha, ha. Où sont donc les paroles que vous avez dites ? Il n'y a là que de la musique écrite.

CLÉANTE. – Est-ce que vous ne savez pas, Monsieur, qu'on a trouvé depuis peu l'invention d'écrire les paroles avec les notes mêmes ?

ARGAN. – Fort bien. Je suis votre serviteur[2], Monsieur ; jusqu'au revoir. Nous nous serions bien passés de votre impertinent d'opéra.

CLÉANTE. – J'ai cru vous divertir.

ARGAN. – Les sottises ne divertissent point. Ah ! voici ma femme.

Scène 6

BÉLINE, ARGAN, TOINETTE, ANGÉLIQUE, MONSIEUR DIAFOIRUS, THOMAS DIAFOIRUS

ARGAN. – Mamour, voilà le fils de Monsieur Diafoirus.

THOMAS DIAFOIRUS *commence un compliment qu'il avait étudié, et la mémoire lui manquant, il ne peut le continuer.* – Madame, c'est avec justice que le Ciel vous a concédé le nom de belle-mère, puisque l'on voit sur votre visage…

BÉLINE. – Monsieur, je suis ravie d'être venue ici à propos[3] pour avoir l'honneur de vous voir.

---

1. ***Impudente*** : insolente.
2. ***Je suis votre serviteur*** : formule de politesse employée ici très sèchement et qui a valeur de renvoi.
3. ***À propos*** : au bon moment.

THOMAS DIAFOIRUS. – Puisque l'on voit sur votre visage… puisque l'on voit sur votre visage… Madame, vous m'avez interrompu dans le milieu de ma période[1], et cela m'a troublé la mémoire.

MONSIEUR DIAFOIRUS. – Thomas, réservez cela pour une autre fois.

ARGAN. – Je voudrais, ma mie, que vous eussiez été ici tantôt[2].

TOINETTE. – Ah ! Madame, vous avez bien perdu de n'avoir point été au[3] second père, à la statue de Memnon, et à la fleur nommée héliotrope.

ARGAN. – Allons, ma fille, touchez dans la main[4] de Monsieur, et lui donnez votre foi, comme à votre mari[5].

ANGÉLIQUE. – Mon père !

ARGAN. – Hé bien ! « Mon père » ? Qu'est-ce que cela veut dire ?

ANGÉLIQUE. – De grâce, ne précipitez pas les choses. Donnez-nous au moins le temps de nous connaître, et de voir naître en nous l'un pour l'autre cette inclination si nécessaire à composer une union parfaite.

THOMAS DIAFOIRUS. – Quant à moi, Mademoiselle, elle est déjà toute née en moi, et je n'ai pas besoin d'attendre davantage.

ANGÉLIQUE. – Si vous êtes si prompt, Monsieur, il n'en est pas de même de moi, et je vous avoue que votre mérite n'a pas encore fait assez d'impression dans mon âme.

---

1. ***Période*** : phrase longue et complexe.
2. ***Tantôt*** : il y a un instant.
3. ***De n'avoir point été au*** : de ne pas avoir été là quand Thomas parlait de…
4. ***Touchez dans la main*** : donnez la main en signe d'engagement.
5. ***Lui donnez votre foi comme à votre mari*** : faites-lui la promesse qu'il sera votre mari.

ARGAN. – Ho bien, bien ! cela aura tout le loisir de se faire, quand vous serez mariés ensemble.

ANGÉLIQUE. – Eh ! mon père, donnez-moi du temps, je vous prie. Le mariage est une chaîne où [1] l'on ne doit jamais soumettre un cœur par force ; et si Monsieur est honnête homme, il ne doit point vouloir accepter une personne qui serait à lui par contrainte.

THOMAS DIAFOIRUS. – *Nego consequentiam* [2], Mademoiselle, et je puis être honnête homme et vouloir bien vous accepter des mains de Monsieur votre père.

ANGÉLIQUE. – C'est un méchant [3] moyen de se faire aimer de quelqu'un que de lui faire violence.

THOMAS DIAFOIRUS. – Nous lisons des anciens, Mademoiselle, que leur coutume était d'enlever par force de la maison des pères les filles qu'on menait marier, afin qu'il ne semblât pas que ce fût de leur consentement qu'elles convolaient [4] dans les bras d'un homme.

ANGÉLIQUE. – Les anciens, Monsieur, sont les anciens, et nous sommes les gens de maintenant. Les grimaces ne sont point nécessaires dans notre siècle ; et quand un mariage nous plaît, nous savons fort bien y aller, sans qu'on nous y traîne. Donnez-vous patience : si vous m'aimez, Monsieur, vous devez vouloir tout ce que je veux.

THOMAS DIAFOIRUS. – Oui, Mademoiselle, jusqu'aux intérêts de mon amour exclusivement.

---

1. ***Où*** : à laquelle.
2. ***Nego consequentiam*** : (formule latine utilisée dans les « disputes ») je repousse la conséquence de votre hypothèse.
3. ***Méchant*** : qui ne vaut rien.
4. ***Convolaient :*** se mariaient.

ANGÉLIQUE. – Mais la grande marque d'amour, c'est d'être soumis aux volontés de celle qu'on aime.

THOMAS DIAFOIRUS. – *Distinguo*[1], Mademoiselle : dans ce qui ne regarde point sa possession, *concedo* ; mais dans ce qui la regarde, *nego*.

TOINETTE. – Vous avez beau raisonner : Monsieur est frais émoulu du collège[2], et il vous donnera toujours votre reste[3]. Pourquoi tant résister, et refuser la gloire d'être attachée au corps de la Faculté ?

BÉLINE. – Elle a peut-être quelque inclination en tête.

ANGÉLIQUE. – Si j'en avais, Madame, elle serait telle que la raison et l'honnêteté pourraient me la permettre.

ARGAN. – Ouais ! je joue ici un plaisant personnage.

BÉLINE. – Si j'étais que de vous[4], mon fils, je ne la forcerais point à se marier, et je sais bien ce que je ferais.

ANGÉLIQUE. – Je sais, Madame, ce que vous voulez dire et les bontés que vous avez pour moi ; mais peut-être que vos conseils ne seront pas assez heureux pour être exécutés.

BÉLINE. – C'est que les filles bien sages et bien honnêtes, comme vous, se moquent d'être obéissantes, et soumises aux volontés de leurs pères. Cela était bon autrefois.

ANGÉLIQUE. – Le devoir d'une fille a des bornes, Madame, et la raison et les lois ne l'étendent point à toutes sortes de choses.

---

1. ***Distinguo – concedo – nego*** (latin) : je distingue – je concède – je n'accorde pas (termes d'argumentation).
2. ***Frais émoulu du collège*** : récemment sorti du collège.
3. ***Il vous donnera toujours votre reste*** : il l'emportera toujours sur vous.
4. ***Si j'étais que de vous*** : si j'étais à votre place.

BÉLINE. – C'est-à-dire que vos pensées ne sont que pour le mariage ; mais vous voulez choisir un époux à votre fantaisie [1].

ANGÉLIQUE. – Si mon père ne veut pas me donner un mari qui me plaise, je le conjurerai au moins de ne me point forcer à en épouser un que je ne puisse pas aimer.

ARGAN. – Messieurs, je vous demande pardon de tout ceci.

ANGÉLIQUE. – Chacun a son but en se mariant. Pour moi, qui ne veux un mari que pour l'aimer véritablement, et qui prétends en faire tout l'attachement de ma vie, je vous avoue que j'y cherche quelque précaution [2]. Il y en a d'aucunes qui prennent des maris seulement pour se tirer de la contrainte [3] de leurs parents, et se mettre en état de faire tout ce qu'elles voudront. Il y en a d'autres, Madame, qui font du mariage un commerce de pur intérêt, qui ne se marient que pour gagner des douaires [4], que pour s'enrichir par la mort de ceux qu'elles épousent, et courent sans scrupule de mari en mari, pour s'approprier leurs dépouilles. Ces personnes-là, à la vérité, n'y cherchent pas tant de façons, et regardent peu la personne.

BÉLINE. – Je vous trouve aujourd'hui bien raisonnante, et je voudrais bien savoir ce que vous voulez dire par là.

ANGÉLIQUE. – Moi, Madame, que voudrais-je dire que ce que je dis ?

BÉLINE. – Vous êtes si sotte, ma mie, qu'on ne saurait plus vous souffrir [5].

ANGÉLIQUE. – Vous voudriez bien, Madame, m'obliger à vous répondre quelque impertinence ; mais je vous avertis que vous n'aurez pas cet avantage.

---

1. ***Fantaisie*** : goût.
2. ***Précaution*** : garantie.
3. ***Contrainte*** : surveillance.
4. ***Douaires*** : biens qui reviennent à l'épouse après la mort de son mari.
5. ***Souffrir*** : supporter.

BÉLINE. – Il n'est rien d'égal à votre insolence.

ANGÉLIQUE. – Non, Madame, vous avez beau dire.

BÉLINE. – Et vous avez un ridicule orgueil, une impertinente présomption qui fait hausser les épaules à tout le monde.

ANGÉLIQUE. – Tout cela, Madame, ne servira de rien. Je serai sage en dépit de vous ; et pour vous ôter l'espérance de pouvoir réussir dans ce que vous voulez, je vais m'ôter de votre vue.

ARGAN. – Écoute, il n'y a point de milieu à cela [1] : choisis d'épouser dans quatre jours, ou Monsieur, ou un couvent. (*À Béline.*) Ne vous mettez pas en peine, je la rangerai [2] bien.

BÉLINE. – Je suis fâchée de vous quitter, mon fils, mais j'ai une affaire en ville, dont je ne puis me dispenser. Je reviendrai bientôt.

ARGAN. – Allez, mamour, et passez chez votre notaire, afin qu'il expédie [3] ce que vous savez.

BÉLINE. – Adieu, mon petit ami.

ARGAN. – Adieu, ma mie. Voilà une femme qui m'aime… cela n'est pas croyable.

MONSIEUR DIAFOIRUS. – Nous allons, Monsieur, prendre congé de vous.

ARGAN. – Je vous prie, Monsieur, de me dire un peu comment je suis.

MONSIEUR DIAFOIRUS *lui tâte le pouls.* – Allons, Thomas, prenez l'autre bras de Monsieur, pour voir si vous saurez porter un bon jugement de son pouls. *Quid dicis* [4] ?

1. ***Il n'y a point de milieu à cela*** : il faut choisir.
2. ***Je la rangerai*** : je la forcerai à se soumettre.
3. ***Expédie*** : achève.
4. ***Quid dicis*** (latin) : que dis-tu ?

THOMAS DIAFOIRUS. – *Dico*[1] que le pouls de Monsieur est le pouls d'un homme qui ne se porte point bien.

MONSIEUR DIAFOIRUS. – Bon.

THOMAS DIAFOIRUS. – Qu'il est duriuscule[2], pour ne pas dire dur.

MONSIEUR DIAFOIRUS. – Fort bien.

THOMAS DIAFOIRUS. – Repoussant[3].

MONSIEUR DIAFOIRUS. – *Bene*[4].

THOMAS DIAFOIRUS. – Et même un peu caprisant[5].

MONSIEUR DIAFOIRUS. – *Optime*[6].

THOMAS DIAFOIRUS. – Ce qui marque une intempérie[7] dans le *parenchyme splénique*[8], c'est-à-dire la rate.

MONSIEUR DIAFOIRUS. – Fort bien.

ARGAN. – Non : Monsieur Purgon dit que c'est mon foie qui est malade.

MONSIEUR DIAFOIRUS. – Eh ! oui : qui dit *parenchyme*, dit l'un et l'autre, à cause de l'étroite sympathie[9] qu'ils ont ensemble, par le moyen du *vas breve*[10] *du pylore*[11], et souvent des *méats*

---

1. ***Dico*** (latin) : je dis.
2. ***Duriuscule*** : un peu dur (du latin *durisculus*).
3. ***Repoussant*** : qui bat fort.
4. ***Bene*** (latin) : bien.
5. ***Caprisant*** : irrégulier.
6. ***Optime*** (latin) : très bien.
7. ***Intempérie*** : déséquilibre.
8. ***Parenchyme splénique*** : tissu de la rate.
9. ***Sympathie*** : rapport.
10. ***Vas breve*** : canal biliaire.
11. ***Pylore*** : orifice intérieur de l'estomac.

cholidoques[1]. Il vous ordonne sans doute de manger force rôti ?

Argan. – Non, rien que du bouilli.

Monsieur Diafoirus. – Eh ! oui : rôti, bouilli, même chose. Il vous ordonne[2] fort prudemment, et vous ne pouvez être en de meilleures mains.

Argan. – Monsieur, combien est-ce qu'il faut mettre de grains de sel dans un œuf ?

Monsieur Diafoirus. – Six, huit, dix, par les nombres pairs ; comme dans les médicaments, par les nombres impairs.

Argan. – Jusqu'au revoir, Monsieur.

Scène 7

Béline, Argan

Béline. – Je viens, mon fils, avant que de sortir, vous donner avis[3] d'une chose à laquelle il faut que vous preniez garde. En passant par-devant la chambre d'Angélique, j'ai vu un jeune homme avec elle, qui s'est sauvé d'abord qu[4]'il m'a vue.

Argan. – Un jeune homme avec ma fille ?

Béline. – Oui. Votre petite fille Louison était avec eux, qui pourra vous en dire des nouvelles.

Argan. – Envoyez-la ici, mamour, envoyez-la ici. Ah, l'effrontée ! je ne m'étonne plus de sa résistance.

---

1. ***Méats cholidoques*** : conduits qui amènent la bile dans le duodénum.
2. ***Ordonne*** : prescrit par ordonnance.
3. ***Donner avis*** : avertir.
4. ***D'abord que*** : dès que.

Scène 8

LOUISON, ARGAN

LOUISON. – Qu'est-ce que vous voulez, mon papa ? Ma belle-maman m'a dit que vous me demandez.

ARGAN. – Oui, venez çà [1], avancez là. Tournez-vous, levez les yeux, regardez-moi. Eh !

LOUISON. – Quoi, mon papa ?

ARGAN. – Là.

LOUISON. – Quoi ?

ARGAN. – N'avez-vous rien à me dire ?

LOUISON. – Je vous dirai, si vous voulez, pour vous désennuyer [2], le conte de *Peau d'âne*, ou bien la fable du *Corbeau et du Renard*, qu'on m'a apprise depuis peu.

ARGAN. – Ce n'est pas là ce que je demande.

LOUISON. – Quoi donc ?

ARGAN. – Ah ! rusée, vous savez bien ce que je veux dire.

LOUISON. – Pardonnez-moi, mon papa.

ARGAN. – Est-ce là comme vous m'obéissez ?

LOUISON. – Quoi ?

ARGAN. – Ne vous ai-je pas recommandé de me venir dire d'abord [3] tout ce que vous voyez ?

---

1. ***Venez çà*** : venez ici.
2. ***Désennuyer*** : chasser l'ennui.
3. ***D'abord*** : tout de suite.

LOUISON. – Oui, mon papa.

ARGAN. – L'avez-vous fait ?

LOUISON. – Oui, mon papa. Je vous suis venue dire tout ce que j'ai vu.

ARGAN. – Et n'avez-vous rien vu aujourd'hui ?

LOUISON. – Non, mon papa.

ARGAN. – Non ?

LOUISON. – Non, mon papa.

ARGAN. – Assurément ?

LOUISON. – Assurément.

ARGAN. – Oh çà ! je m'en vais vous faire voir quelque chose, moi.
Il va prendre une poignée de verges [1].

LOUISON. – Ah ! mon papa.

ARGAN. – Ah, ah ! petite masque [2], vous ne me dites pas que vous avez vu un homme dans la chambre de votre sœur ?

LOUISON. – Mon papa !

ARGAN. – Voici qui vous apprendra à mentir.

LOUISON *se jette à genoux.* – Ah ! mon papa, je vous demande pardon. C'est que ma sœur m'avait dit de ne pas vous le dire ; mais je m'en vais vous dire tout.

ARGAN. – Il faut premièrement que vous ayez le fouet pour avoir menti. Puis après nous verrons au reste.

LOUISON. – Pardon, mon papa !

---

1. ***Verges*** : baguettes qui servent à frapper.
2. ***Petite masque*** : petite effrontée.

ARGAN. – Non, non.

LOUISON. – Mon pauvre papa, ne me donnez pas le fouet !

ARGAN. – Vous l'aurez.

LOUISON. – Au nom de Dieu ! mon papa, que je ne l'aie pas.

ARGAN, *la prenant pour la fouetter*. – Allons, allons.

LOUISON. – Ah ! mon papa, vous m'avez blessée. Attendez : je suis morte. (*Elle contrefait*[1] *la morte.*)

ARGAN. – Holà ! Qu'est-ce là ? Louison, Louison. Ah, mon Dieu ! Louison. Ah ! ma fille ! Ah ! malheureux, ma pauvre fille est morte. Qu'ai-je fait, misérable ? Ah ! chiennes de verges. La peste soit des verges ! Ah ! ma pauvre fille, ma pauvre petite Louison.

LOUISON. – Là, là, mon papa, ne pleurez point tant, je ne suis pas morte tout à fait.

ARGAN. – Voyez-vous la petite rusée ? Oh çà, çà ! je vous pardonne pour cette fois-ci, pourvu que vous me disiez bien tout.

LOUISON. – Oh ! oui, mon papa.

ARGAN. – Prenez-y bien garde au moins, car voilà un petit doigt qui sait tout, qui me dira si vous mentez.

LOUISON. – Mais, mon papa, ne dites pas à ma sœur que je vous l'ai dit.

ARGAN. – Non, non.

LOUISON. – C'est, mon papa, qu'il est venu un homme dans la chambre de ma sœur comme j'y étais.

ARGAN. – Hé bien ?

---

1. ***Contrefait*** : imite.

LOUISON. – Je lui ai demandé ce qu'il demandait, et il m'a dit qu'il était son maître à chanter.

ARGAN. – Hon, hon. Voilà l'affaire. Hé bien ?

LOUISON. – Ma sœur est venue après.

ARGAN. – Hé bien ?

LOUISON. – Elle lui a dit : « Sortez, sortez, sortez, mon Dieu ! sortez ; vous me mettez au désespoir. »

ARGAN. – Hé bien ?

LOUISON. – Et lui, il ne voulait pas sortir.

ARGAN. – Qu'est-ce qu'il lui disait ?

LOUISON. – Il lui disait je ne sais combien de choses.

ARGAN. – Et quoi encore ?

LOUISON. – Il lui disait tout ci, tout ça, qu'il l'aimait bien, et qu'elle était la plus belle du monde.

ARGAN. – Et puis après ?

LOUISON. – Et puis après, il se mettait à genoux devant elle.

ARGAN. – Et puis après ?

LOUISON. – Et puis après, il lui baisait les mains.

ARGAN. – Et puis après ?

LOUISON. – Et puis après, ma belle-maman est venue à la porte, et il s'est enfui.

ARGAN. – Il n'y a point autre chose ?

LOUISON. – Non, mon papa.

ARGAN. – Voilà mon petit doigt pourtant qui gronde quelque chose. *(Il met son doigt à son oreille.)* Attendez. Eh ! ah, ah ! oui ? Oh, oh ! voilà mon petit doigt qui me dit quelque chose que vous avez vu, et que vous ne m'avez pas dit.

LOUISON. – Ah ! mon papa, votre petit doigt est un menteur.

ARGAN. – Prenez garde.

LOUISON. – Non, mon papa, ne le croyez pas, il ment, je vous assure.

ARGAN. – Oh bien, bien ! nous verrons cela. Allez-vous-en, et prenez bien garde à tout : allez. Ah ! il n'y a plus d'enfants. Ah ! que d'affaires ! je n'ai pas seulement le loisir de songer à ma maladie. En vérité, je n'en puis plus.

Il se remet dans sa chaise.

Scène 9

BÉRALDE, ARGAN

BÉRALDE. – Hé bien ! mon frère, qu'est-ce ? comment vous portez-vous ?

ARGAN. – Ah ! mon frère, fort mal.

BÉRALDE. – Comment, « fort mal » ?

ARGAN. – Oui, je suis dans une faiblesse si grande que cela n'est pas croyable.

BÉRALDE. – Voilà qui est fâcheux[1].

ARGAN. – Je n'ai pas seulement la force de pouvoir parler.

---

1. ***Fâcheux*** : pénible.

BÉRALDE. – J'étais venu ici, mon frère, vous proposer un parti[1] pour ma nièce Angélique.

ARGAN, *parlant avec emportement, et se levant de sa chaise.* – Mon frère, ne me parlez point de cette coquine-là. C'est une friponne, une impertinente, une effrontée, que je mettrai dans un couvent avant qu'il soit deux jours.

BÉRALDE. – Ah ! voilà qui est bien : je suis bien aise que la force vous revienne un peu, et que ma visite vous fasse du bien. Oh ! çà ! nous parlerons d'affaires tantôt[2]. Je vous amène ici un divertissement, que j'ai rencontré, qui dissipera votre chagrin, et vous rendra l'âme mieux disposée aux choses que nous avons à dire. Ce sont des Égyptiens[3], vêtus en Mores[4], qui font des danses mêlées de chansons, où je suis sûr que vous prendrez plaisir ; et cela vaudra bien une ordonnance de Monsieur Purgon. Allons.

Second intermède

Le frère du Malade imaginaire lui amène, pour le divertir, plusieurs Égyptiens et Égyptiennes, vêtus en Mores, qui font des danses entremêlées de chansons.

PREMIÈRE FEMME MORE

Profitez du printemps
De vos beaux ans,
Aimable jeunesse ;
Profitez du printemps

1. ***Un parti*** : un mari.
2. ***Tantôt*** : tout à l'heure.
3. ***Égyptiens*** : le terme désignait au XVIIe siècle des bohémiens qui donnaient des spectacles.
4. ***Mores*** : habitants du nord de l'Afrique.

De vos beaux ans,
Donnez-vous à la tendresse.

Les plaisirs les plus charmants,
Sans l'amoureuse flamme[1]*,*
Pour contenter une âme
N'ont point d'attraits assez puissants.

Profitez du printemps
De vos beaux ans,
Aimable jeunesse ;
Profitez du printemps
De vos beaux ans,
Donnez-vous à la tendresse.

Ne perdez point ces précieux moments :
La beauté passe,
Le temps l'efface,
L'âge de glace
Vient à sa place,
Qui nous ôte le goût de ces doux passe-temps.

Profitez du printemps
De vos beaux ans,
Aimable jeunesse ;
Profitez du printemps
De vos beaux ans,
Donnez-vous à la tendresse.

SECONDE FEMME MORE

Quand d'aimer on nous presse
À quoi songez-vous ?
Nos cœurs, dans la jeunesse,

---

1. ***L'amoureuse flamme*** : l'amour, la passion.

N'ont vers la tendresse
Qu'un penchant trop doux;
L'amour a pour nous prendre
De si doux attraits
Que de soi[1]*, sans attendre,*
On voudrait se rendre
À ses premiers traits[2] *:*
Mais tout ce qu'on écoute[3]
Des vives douleurs
Et des pleurs
Qu'il nous coûte
Fait qu'on en redoute
Toutes les douceurs.

TROISIÈME FEMME MORE

Il est doux, à notre âge,
D'aimer tendrement
Un amant
Qui s'engage:
Mais s'il est volage[4]*,*
Hélas! quel tourment!

QUATRIÈME FEMME MORE

L'amant qui se dégage[5]
N'est pas le malheur:
La douleur
Et la rage,
C'est que le volage
Garde notre cœur.

---

1. ***Que de soi***: que de soi-même.

2. ***Traits***: flèches (allusion à Éros-Cupidon, le dieu de l'Amour, représenté dans la mythologie grecque et latine comme un enfant armé d'arc et de flèches).

3. ***Tout ce qu'on écoute***: tout ce qu'on entend dire.

4. ***Volage***: infidèle.

5. ***Se dégage***: rompt.

SECONDE FEMME MORE

Quel parti faut-il prendre
Pour nos jeunes cœurs ?

QUATRIÈME FEMME MORE

Devons-nous nous y rendre
Malgré ses rigueurs ?

ENSEMBLE

Oui, suivons ses ardeurs,
Ses transports, ses caprices,
Ses douces langueurs ;
S'il a quelques supplices,
Il a cent délices
Qui charment les cœurs.

ENTRÉE DE BALLET

Tous les Mores dansent ensemble et font sauter des singes qu'ils ont amenés avec eux.

ACTE III

Scène 1

BÉRALDE, ARGAN, TOINETTE

BÉRALDE. – Hé bien ! mon frère, qu'en dites-vous ? cela ne vaut-il pas bien une prise [1] de casse [2] ?

TOINETTE. – Hon, de bonne casse est bonne [3].

BÉRALDE. – Oh çà ! voulez-vous que nous parlions un peu ensemble ?

ARGAN. – Un peu de patience, mon frère, je vais revenir.

TOINETTE. – Tenez, Monsieur, vous ne songez [4] pas que vous ne sauriez marcher sans bâton.

ARGAN. – Tu as raison.

1. ***Une prise*** : une dose.
2. ***Casse*** : remède pour purger.
3. ***De bonne casse est bonne*** : une prise de bonne casse est une bonne chose.
4. ***Songez*** : pensez.

Scène 2

BÉRALDE, TOINETTE

TOINETTE. – N'abandonnez pas, s'il vous plaît, les intérêts de votre nièce.

BÉRALDE. – J'emploierai toutes choses pour lui obtenir ce qu'elle souhaite.

TOINETTE. – Il faut absolument empêcher ce mariage extravagant qu'il s'est mis dans la fantaisie[1], et j'avais songé en moi-même que ç'aurait été une bonne affaire de pouvoir introduire ici un médecin à notre poste[2], pour le dégoûter de son Monsieur Purgon, et lui décrier sa conduite[3]. Mais, comme nous n'avons personne en main pour cela, j'ai résolu de jouer un tour de ma tête.

BÉRALDE. – Comment ?

TOINETTE. – C'est une imagination burlesque[4]. Cela sera peut-être plus heureux que sage. Laissez-moi faire : agissez de votre côté. Voici notre homme.

1. ***Fantaisie*** : imagination.
2. ***À notre poste*** : à notre convenance.
3. ***Décrier sa conduite*** : attaquer sa réputation.
4. ***Imagination burlesque*** : invention comique.

Scène 3

ARGAN, BÉRALDE

BÉRALDE. – Vous voulez bien, mon frère, que je vous demande, avant toute chose, de ne vous point échauffer l'esprit[1] dans notre conversation.

ARGAN. – Voilà qui est fait.

BÉRALDE. – De répondre sans nulle aigreur aux choses que je pourrai vous dire.

ARGAN. – Oui.

BÉRALDE. – Et de raisonner ensemble, sur les affaires dont nous avons à parler, avec un esprit détaché de toute passion[2].

ARGAN. – Mon Dieu ! oui. Voilà bien du préambule[3].

BÉRALDE. – D'où vient, mon frère, qu'ayant le bien que vous avez, et n'ayant d'enfants qu'une fille, car je ne compte pas la petite, d'où vient, dis-je, que vous parlez de la mettre dans un couvent ?

ARGAN. – D'où vient, mon frère, que je suis maître dans ma famille pour faire ce que bon me semble ?

BÉRALDE. – Votre femme ne manque pas de vous conseiller de vous défaire ainsi de vos deux filles, et je ne doute point que, par un esprit de charité, elle ne fût ravie de les voir toutes deux bonnes religieuses.

1. ***Vous échauffer l'esprit*** : vous mettre en colère.
2. ***Passion*** : colère.
3. ***Voilà bien du préambule*** : voilà un début de discours bien long.

ARGAN. – Oh çà ! nous y voici. Voilà d'abord [1] la pauvre femme en jeu [2] : c'est elle qui fait tout le mal, et tout le monde lui en veut.

BÉRALDE. – Non, mon frère ; laissons-la là ; c'est une femme qui a les meilleures intentions du monde pour votre famille, et qui est détachée de toute sorte d'intérêt, qui a pour vous une tendresse merveilleuse, et qui montre pour vos enfants une affection et une bonté qui n'est pas concevable : cela est certain. N'en parlons point, et revenons à votre fille. Sur quelle pensée, mon frère, la voulez-vous donner en mariage au fils d'un médecin ?

ARGAN. – Sur la pensée, mon frère, de me donner un gendre tel qu'il me faut.

BÉRALDE. – Ce n'est point là, mon frère, le fait de [3] votre fille, et il se présente un parti plus sortable [4] pour elle.

ARGAN. – Oui, mais celui-ci, mon frère, est plus sortable pour moi.

BÉRALDE. – Mais le mari qu'elle doit prendre doit-il être, mon frère, ou pour elle, ou pour vous ?

ARGAN. – Il doit être, mon frère, et pour elle, et pour moi, et je veux mettre dans ma famille les gens dont j'ai besoin.

BÉRALDE. – Par cette raison-là, si votre petite était grande, vous lui donneriez en mariage un apothicaire ?

ARGAN. – Pourquoi non ?

BÉRALDE. – Est-il possible que vous serez toujours embéguiné de [5] vos apothicaires et de vos médecins, et que vous vouliez être malade en dépit des gens et de la nature ?

---

1. ***D'abord*** : aussitôt.
2. ***En jeu*** : en cause.
3. ***Le fait de*** : ce qui convient à.
4. ***Plus sortable*** : qui lui convient mieux.
5. ***Embéguiné de*** : obnubilé par.

ARGAN. – Comment l'entendez-vous[1], mon frère ?

BÉRALDE. – J'entends, mon frère, que je ne vois point d'homme qui soit moins malade que vous, et que je ne demanderais point une meilleure constitution que la vôtre. Une grande marque que vous vous portez bien, et que vous avez un corps parfaitement bien composé, c'est qu'avec tous les soins que vous avez pris, vous n'avez pu parvenir encore à gâter la bonté de votre tempérament[2], et que vous n'êtes point crevé[3] de toutes les médecines qu'on vous a fait prendre.

ARGAN. – Mais savez-vous, mon frère, que c'est cela qui me conserve, et que Monsieur Purgon dit que je succomberais, s'il était seulement trois jours sans prendre soin de moi ?

BÉRALDE. – Si vous n'y prenez garde, il prendra tant de soin de vous qu'il vous enverra en l'autre monde.

ARGAN. – Mais raisonnons un peu, mon frère. Vous ne croyez donc point à la médecine ?

BÉRALDE. – Non, mon frère, et je ne vois pas que, pour son salut, il soit nécessaire d'y croire.

ARGAN. – Quoi ? vous ne tenez pas véritable une chose établie par tout le monde, et que tous les siècles ont révérée ?

BÉRALDE. – Bien loin de la tenir véritable, je la trouve, entre nous, une des plus grandes folies qui soit parmi les hommes ; et à regarder les choses en philosophe, je ne vois point de plus plaisante momerie[4], je ne vois rien de plus ridicule qu'un homme qui se veut mêler d'en guérir un autre.

---

1. ***Comment l'entendez-vous ?*** : que voulez-vous dire par là ?
2. ***La bonté de votre tempérament*** : votre bon état physique.
3. ***Crevé*** : mort.
4. ***Momerie*** : hypocrisie.

ARGAN. – Pourquoi ne voulez-vous pas, mon frère, qu'un homme en puisse guérir un autre ?

BÉRALDE. – Par la raison, mon frère, que les ressorts de notre machine[1] sont des mystères, jusques ici, où[2] les hommes ne voient goutte, et que la nature nous a mis au-devant des yeux des voiles trop épais pour y connaître quelque chose.

ARGAN. – Les médecins ne savent donc rien, à votre compte ?

BÉRALDE. – Si fait, mon frère. Ils savent la plupart de fort belles humanités, savent parler en beau latin, savent nommer en grec toutes les maladies, les définir et les diviser[3] ; mais, pour ce qui est de les guérir, c'est ce qu'ils ne savent point du tout.

ARGAN. – Mais toujours faut-il demeurer d'accord que, sur cette matière, les médecins en savent plus que les autres.

BÉRALDE. – Ils savent, mon frère, ce que je vous ai dit, qui ne guérit pas de grand-chose ; et toute l'excellence de leur art consiste en un pompeux galimatias[4], en un spécieux babil[5], qui vous donne des mots pour des raisons, et des promesses pour des effets.

ARGAN. – Mais enfin, mon frère, il y a des gens aussi sages et aussi habiles que vous ; et nous voyons que, dans la maladie, tout le monde a recours aux médecins.

BÉRALDE. – C'est une marque de la faiblesse humaine, et non pas de la vérité de leur art.

ARGAN. – Mais il faut bien que les médecins croient leur art véritable, puisqu'ils s'en servent pour eux-mêmes.

---

1. ***Les ressorts de notre machine*** : les mécanismes de notre corps.
2. ***Où*** : auxquels.
3. ***Diviser*** : classer.
4. ***Galimatias*** : discours prétentieux.
5. ***Spécieux babil*** : bavardage qui a belle apparence mais qui ne signifie pas grand-chose.

BÉRALDE. – C'est qu'il y en a parmi eux qui sont eux-mêmes dans l'erreur populaire, dont ils profitent, et d'autres qui en profitent sans y être. Votre Monsieur Purgon, par exemple, n'y sait point de finesse [1] : c'est un homme tout médecin, depuis la tête jusqu'aux pieds ; un homme qui croit à ses règles plus qu'à toutes les démonstrations des mathématiques, et qui croirait du crime à [2] les vouloir examiner ; qui ne voit rien d'obscur dans la médecine, rien de douteux, rien de difficile, et qui, avec une impétuosité de prévention [3], une roideur de confiance, une brutalité de sens commun et de raison [4], donne au travers [5] des purgations et des saignées, et ne balance [6] aucune chose. Il ne lui faut point vouloir mal de tout ce qu'il pourra vous faire : c'est de la meilleure foi du monde qu'il vous expédiera [7], et il ne fera, en vous tuant, que ce qu'il a fait à sa femme et à ses enfants, et ce qu'en un besoin il ferait à lui-même.

ARGAN. – C'est que vous avez, mon frère, une dent de lait contre lui [8]. Mais enfin venons au fait. Que faire donc quand on est malade ?

BÉRALDE. – Rien, mon frère.

ARGAN. – Rien ?

BÉRALDE. – Rien. Il ne faut que demeurer en repos. La nature, d'elle-même, quand nous la laissons faire, se tire doucement

---

1. ***N'y sait point de finesse*** : ne cherche pas à tromper.
2. ***Qui croirait du crime à*** : qui croirait qu'il y a du crime à.
3. ***Impétuosité de prévention*** : idées préconçues.
4. ***Une brutalité de sens commun et de raison*** : un manque d'intelligence et de bon sens.
5. ***Donne au travers*** : utilise sans réfléchir.
6. ***Ne balance*** : n'examine.
7. ***Expédiera*** : tuera.
8. ***Vous avez une dent de lait contre lui*** : vous lui en voulez.

du désordre où elle est tombée. C'est notre inquiétude, c'est notre impatience qui gâte tout, et presque tous les hommes meurent de leurs remèdes, et non pas de leurs maladies.

ARGAN. – Mais il faut demeurer d'accord, mon frère, qu'on peut aider cette nature par de certaines choses.

BÉRALDE. – Mon Dieu ! mon frère, ce sont pures idées, dont nous aimons à nous repaître ; et, de tout temps, il s'est glissé parmi les hommes de belles imaginations, que nous venons à croire, parce qu'elles nous flattent et qu'il serait à souhaiter qu'elles fussent véritables. Lorsqu'un médecin vous parle d'aider, de secourir, de soulager la nature, de lui ôter ce qui lui nuit et lui donner ce qui lui manque, de la rétablir et de la remettre dans une pleine facilité de ses fonctions ; lorsqu'il vous parle de rectifier[1] le sang, de tempérer[2] les entrailles et le cerveau, de dégonfler la rate, de raccommoder[3] la poitrine, de réparer le foie, de fortifier le cœur, de rétablir et conserver la chaleur naturelle, et d'avoir des secrets pour étendre la vie à de longues années : il vous dit justement le roman de la médecine. Mais quand vous en venez à la vérité et à l'expérience, vous ne trouvez rien de tout cela, et il en est comme de ces beaux songes qui ne vous laissent au réveil que le déplaisir de les avoir crus.

ARGAN. – C'est-à-dire que toute la science du monde est renfermée dans votre tête, et vous voulez en savoir plus que tous les grands médecins de notre siècle.

BÉRALDE. – Dans les discours et dans les choses, ce sont deux sortes de personnes que vos grands médecins. Entendez-les parler : les plus habiles gens du monde ; voyez-les faire : les plus ignorants de tous les hommes.

---

1. ***Rectifier*** : purifier.
2. ***Tempérer*** : rafraîchir.
3. ***Raccommoder*** : remettre en ordre.

ARGAN. – Hoy ! Vous êtes un grand docteur, à ce que je vois, et je voudrais bien qu'il y eût ici quelqu'un de ces messieurs pour rembarrer[1] vos raisonnements et rabaisser votre caquet.

BÉRALDE. – Moi, mon frère, je ne prends point à tâche de combattre la médecine ; et chacun, à ses périls et fortune[2], peut croire tout ce qu'il lui plaît. Ce que j'en dis n'est qu'entre nous, et j'aurais souhaité de pouvoir un peu vous tirer de l'erreur où vous êtes, et, pour vous divertir, vous mener voir sur ce chapitre quelqu'une des comédies de Molière[3].

ARGAN. – C'est un bon impertinent que votre Molière avec ses comédies, et je le trouve bien plaisant[4] d'aller jouer[5] d'honnêtes gens comme les médecins.

BÉRALDE. – Ce ne sont point les médecins qu'il joue, mais le ridicule de la médecine.

ARGAN. – C'est bien à lui à faire de se mêler de contrôler la médecine ; voilà un bon nigaud, un bon impertinent, de se moquer des consultations et des ordonnances, de s'attaquer au corps des médecins, et d'aller mettre sur son théâtre des personnes vénérables comme ces messieurs-là.

BÉRALDE. – Que voulez-vous qu'il y mette que les diverses professions des hommes ? On y met bien tous les jours les princes et les rois, qui sont d'aussi bonne maison que les médecins.

ARGAN. – Par la mort non de diable[6] ! si j'étais que[7] des médecins, je me vengerais de son impertinence ; et quand il sera malade, je le laisserais mourir sans secours. Il aurait beau faire

1. ***Rembarrer*** : repousser, rejeter.
2. ***À ses périls et fortune*** : à ses risques et périls.
3. Comme *Le Médecin malgré lui*.
4. ***Plaisant*** : qui fait rire (emploi ironique).
5. ***Aller jouer*** : tourner en ridicule.
6. ***Par la mort non de diable*** : juron.
7. ***Si j'étais que*** : si j'étais à la place de.

et beau dire, je ne lui ordonnerais pas la moindre petite saignée, le moindre petit lavement, et je lui dirais : « Crève[1], crève ! cela t'apprendra une autre fois à te jouer à[2] la Faculté. »

BÉRALDE. – Vous voilà bien en colère contre lui.

ARGAN. – Oui, c'est un malavisé, et si les médecins sont sages, ils feront ce que je dis.

BÉRALDE. – Il sera encore plus sage que vos médecins, car il ne leur demandera point de secours.

ARGAN. – Tant pis pour lui s'il n'a point recours aux remèdes.

BÉRALDE. – Il a ses raisons pour n'en point vouloir, et il soutient que cela n'est permis qu'aux gens vigoureux et robustes, et qui ont des forces de reste[3] pour porter[4] les remèdes avec la maladie ; mais que, pour lui, il n'a justement de la force que pour porter son mal.

ARGAN. – Les sottes raisons que voilà ! Tenez, mon frère, ne parlons point de cet homme-là davantage, car cela m'échauffe la bile, et vous me donneriez mon mal.

BÉRALDE. – Je le veux bien, mon frère ; et, pour changer de discours, je vous dirai que, sur une petite répugnance[5] que vous témoigne votre fille, vous ne devez point prendre les résolutions violentes de la mettre dans un couvent ; que, pour le choix d'un gendre, il ne vous faut pas suivre aveuglément la passion qui vous emporte, et qu'on doit, sur cette matière, s'accommoder[6] un peu à l'inclination d'une fille, puisque c'est

---

1. ***Crève*** : meurs (le mot n'a pas le sens familier qu'il a aujourd'hui).
2. ***Te jouer à*** : t'attaquer à.
3. ***Qui ont des forces de reste*** : qui ont suffisamment de force.
4. ***Porter*** : supporter.
5. ***Répugnance*** : résistance.
6. ***S'accommoder*** : suivre, se conformer à.

pour toute la vie, et que de là dépend tout le bonheur d'un mariage.

Scène 4

MONSIEUR FLEURANT, *une seringue à la main* ;
ARGAN, BÉRALDE

ARGAN. – Ah ! mon frère, avec votre permission.

BÉRALDE. – Comment ? que voulez-vous faire ?

ARGAN. – Prendre ce petit lavement-là ; ce sera bientôt fait.

BÉRALDE. – Vous vous moquez. Est-ce que vous ne sauriez être un moment sans lavement ou sans médecine [1] ? Remettez cela à une autre fois, et demeurez un peu en repos.

ARGAN. – Monsieur Fleurant, à ce soir, ou à demain au matin.

MONSIEUR FLEURANT, *à Béralde*. – De quoi vous mêlez-vous de vous opposer aux ordonnances de la médecine, et d'empêcher Monsieur de prendre mon clystère [2] ? Vous êtes bien plaisant d'avoir cette hardiesse-là !

BÉRALDE. – Allez, Monsieur, on voit bien que vous n'avez pas accoutumé de [3] parler à des visages.

MONSIEUR FLEURANT. – On ne doit point ainsi se jouer des [4] remèdes, et me faire perdre mon temps. Je ne suis venu ici que sur une bonne ordonnance [5], et je vais dire à Monsieur

1. ***Médecine*** : médicament.
2. ***Clystère*** : lavement.
3. ***Vous n'avez pas accoutumé de*** : vous n'êtes pas habitué à.
4. ***Se jouer de*** : se moquer de.
5. ***Une bonne ordonnance*** : une ordonnance établie selon les règles.

Purgon comme on m'a empêché d'exécuter ses ordres et de faire ma fonction. Vous verrez, vous verrez...

ARGAN. – Mon frère, vous serez cause[1] ici de quelque malheur.

BÉRALDE. – Le grand malheur de ne pas prendre un lavement que Monsieur Purgon a ordonné. Encore un coup[2], mon frère, est-il possible qu'il n'y ait pas moyen de vous guérir de la maladie des médecins, et que vous vouliez être, toute votre vie, enseveli dans leurs remèdes ?

ARGAN. – Mon Dieu ! mon frère, vous en parlez comme un homme qui se porte bien ; mais, si vous étiez à ma place, vous changeriez bien de langage. Il est aisé de parler contre la médecine quand on est en pleine santé.

BÉRALDE. – Mais quel mal avez-vous ?

ARGAN. – Vous me feriez enrager. Je voudrais que vous l'eussiez mon mal, pour voir si vous jaseriez tant[3]. Ah ! voici Monsieur Purgon.

Scène 5

MONSIEUR PURGON, ARGAN, BÉRALDE, TOINETTE

MONSIEUR PURGON. – Je viens d'apprendre là-bas, à la porte, de jolies nouvelles : qu'on se moque ici de mes ordonnances, et qu'on a fait refus de prendre le remède que j'avais prescrit.

ARGAN. – Monsieur, ce n'est pas...

MONSIEUR PURGON. – Voilà une hardiesse bien grande, une étrange rébellion d'un malade contre son médecin.

1. ***Vous serez cause*** : vous serez la cause.
2. ***Encore un coup*** : encore une fois.
3. ***Si vous jaseriez tant*** : si vous parleriez tant à tort et à travers.

TOINETTE. – Cela est épouvantable.

MONSIEUR PURGON. – Un clystère que j'avais pris plaisir à composer moi-même.

ARGAN. – Ce n'est pas moi…

MONSIEUR PURGON. – Inventé et formé dans toutes les règles de l'art.

TOINETTE. – Il a tort.

MONSIEUR PURGON. – Et qui devait faire dans des entrailles un effet merveilleux.

ARGAN. – Mon frère…

MONSIEUR PURGON. – Le renvoyer avec mépris !

ARGAN. – C'est lui…

MONSIEUR PURGON. – C'est une action exorbitante[1].

TOINETTE. – Cela est vrai.

MONSIEUR PURGON. – Un attentat énorme contre la médecine.

ARGAN. – Il est cause…

MONSIEUR PURGON. – Un crime de lèse-Faculté[2], qui ne se peut assez punir.

TOINETTE. – Vous avez raison.

MONSIEUR PURGON. – Je vous déclare que je romps commerce[3] avec vous.

ARGAN. – C'est mon frère…

---

1. ***Exorbitante*** : qui va contre les règles.
2. ***Crime de lèse-Faculté*** : jeu de mots (formule calquée sur l'expression un « crime de lèse-majesté »). Ici, action qui porte atteinte à la réputation, à la grandeur de la faculté de médecine.
3. ***Commerce*** : toute relation.

MONSIEUR PURGON. – Que je ne veux plus d'alliance[1] avec vous.

TOINETTE. – Vous ferez bien.

MONSIEUR PURGON. – Et que, pour finir toute liaison avec vous, voilà la donation que je faisais à mon neveu, en faveur du mariage.

ARGAN. – C'est mon frère qui a fait tout le mal.

MONSIEUR PURGON. – Mépriser mon clystère !

ARGAN. – Faites-le venir, je m'en vais le prendre.

MONSIEUR PURGON. – Je vous aurais tiré d'affaire avant qu'il fût peu.

TOINETTE. – Il ne le mérite pas.

MONSIEUR PURGON. – J'allais nettoyer votre corps et en évacuer entièrement les mauvaises humeurs[2].

ARGAN. – Ah, mon frère !

MONSIEUR PURGON. – Et je ne voulais plus qu'une douzaine de médecines, pour vider le fond du sac[3].

TOINETTE. – Il est indigne de vos soins.

MONSIEUR PURGON. – Mais puisque vous n'avez pas voulu guérir par mes mains...

ARGAN. – Ce n'est pas ma faute.

MONSIEUR PURGON. – Puisque vous vous êtes soustrait de l'obéissance que l'on doit à son médecin...

---

1. ***Alliance*** : alliance par mariage.
2. ***Humeurs*** : dans la médecine du XVIIe siècle, ce terme désigne les liquides irriguant le corps humain (sang, flegme, bile et bile noire).
3. ***Vider le fond du sac*** : vous nettoyer entièrement.

TOINETTE. – Cela crie vengeance.

MONSIEUR PURGON. – Puisque vous vous êtes déclaré rebelle aux remèdes que je vous ordonnais [1]...

ARGAN. – Hé ! point du tout.

MONSIEUR PURGON. – J'ai à vous dire que je vous abandonne à votre mauvaise constitution, à l'intempérie de vos entrailles, à la corruption [2] de votre sang, à l'âcreté de votre bile et à la féculence de vos humeurs [3].

TOINETTE. – C'est fort bien fait.

ARGAN. – Mon Dieu !

MONSIEUR PURGON. – Et je veux qu'avant qu'il soit quatre jours vous deveniez dans un état incurable [4].

ARGAN. – Ah ! miséricorde !

MONSIEUR PURGON. – Que vous tombiez dans la bradypepsie.

ARGAN. – Monsieur Purgon !

MONSIEUR PURGON. – De la bradypepsie dans la dyspepsie.

ARGAN. – Monsieur Purgon !

MONSIEUR PURGON. – De la dyspepsie dans l'apepsie.

ARGAN. – Monsieur Purgon !

MONSIEUR PURGON. – De l'apepsie dans la lienterie...

ARGAN. – Monsieur Purgon !

---

1. ***Que je vous ordonnais*** : que je vous prescrivais par ordonnance.

2. ***Corruption*** : décomposition.

3. ***La féculence de vos humeurs*** : l'impureté de vos humeurs.

4. ***Dans un état incurable*** : dans un état tel qu'on ne puisse plus vous guérir.

MONSIEUR PURGON. – De la lienterie dans la dysenterie…

ARGAN. – Monsieur Purgon !

MONSIEUR PURGON. – De la dysenterie dans l'hydropisie…

ARGAN. – Monsieur Purgon !

MONSIEUR PURGON. – Et de l'hydropisie dans la privation de la vie, où vous aura conduit votre folie.

Scène 6

ARGAN, BÉRALDE

ARGAN. – Ah, mon Dieu ! je suis mort. Mon frère, vous m'avez perdu.

BÉRALDE. – Quoi ? qu'y a-t-il ?

ARGAN. – Je n'en puis plus. Je sens déjà que la médecine se venge.

BÉRALDE. – Ma foi ! mon frère, vous êtes fou, et je ne voudrais pas, pour beaucoup de choses, qu'on vous vît faire ce que vous faites. Tâtez-vous [1] un peu, je vous prie, revenez à vous-même, et ne donnez point tant à [2] votre imagination.

ARGAN. – Vous voyez, mon frère, les étranges maladies dont il m'a menacé.

BÉRALDE. – Le simple [3] homme que vous êtes !

ARGAN. – Il dit que je deviendrai incurable avant qu'il soit quatre jours.

---

1. ***Tâtez-vous*** : réfléchissez.
2. ***Ne donnez point tant à*** : ne vous laissez pas tant aller à.
3. ***Simple*** : crédule.

BÉRALDE. – Et ce qu'il dit, que fait-il à la chose ? Est-ce un oracle qui a parlé ? Il me semble, à vous entendre, que Monsieur Purgon tienne dans ses mains le filet[1] de vos jours, et que, d'autorité suprême, il vous l'allonge et vous le raccourcisse comme il lui plaît. Songez que les principes de votre vie sont en vous-même, et que le courroux de Monsieur Purgon est aussi peu capable de vous faire mourir que ses remèdes de vous faire vivre. Voici une aventure, si vous voulez, à vous défaire des médecins, ou, si vous êtes né à ne pouvoir vous en passer, il est aisé d'en avoir un autre, avec lequel, mon frère, vous puissiez courir un peu moins de risque.

ARGAN. – Ah ! mon frère, il sait tout mon tempérament et la manière dont il faut me gouverner[2].

BÉRALDE. – Il faut vous avouer que vous êtes un homme d'une grande prévention[3], et que vous voyez les choses avec d'étranges yeux.

Scène 7

TOINETTE, ARGAN, BÉRALDE

TOINETTE. – Monsieur, voilà un médecin qui demande à vous voir.

ARGAN. – Et quel médecin ?

TOINETTE. – Un médecin de la médecine.

ARGAN. – Je te demande qui il est ?

---

1. ***Le filet*** : la durée. Allusion mythologique aux Parques qui filaient puis coupaient le fil de la vie des hommes.
2. ***Gouverner*** : soigner, guérir.
3. ***D'une grande prévention*** : qui a beaucoup de préjugés.

TOINETTE. – Je ne le connais pas ; mais il me ressemble comme deux gouttes d'eau, et si je n'étais sûre que ma mère était honnête femme, je dirais que ce serait quelque petit frère qu'elle m'aurait donné depuis le trépas de mon père.

ARGAN. – Fais-le venir.

BÉRALDE. – Vous êtes servi à souhait : un médecin vous quitte, un autre se présente.

ARGAN. – J'ai bien peur que vous ne soyez cause de quelque malheur.

BÉRALDE. – Encore ! vous en revenez toujours là ?

ARGAN. – Voyez-vous ? j'ai sur le cœur toutes ces maladies-là que je ne connais point, ces...

Scène 8

TOINETTE, *en médecin* ; ARGAN, BÉRALDE

TOINETTE. – Monsieur, agréez que[1] je vienne vous rendre visite et vous offrir mes petits services pour toutes les saignées et les purgations dont vous aurez besoin.

ARGAN. – Monsieur, je vous suis fort obligé. Par ma foi ! voilà Toinette elle-même.

TOINETTE. – Monsieur, je vous prie de m'excuser, j'ai oublié de donner une commission à mon valet ; je reviens tout à l'heure[2].

ARGAN. – Eh ! ne diriez-vous pas que c'est effectivement Toinette ?

---

1. ***Agréez que*** : acceptez que.
2. ***Tout à l'heure*** : tout de suite.

BÉRALDE. – Il est vrai que la ressemblance est tout à fait grande. Mais ce n'est pas la première fois qu'on a vu de ces sortes de choses, et les histoires ne sont pleines que de ces jeux de la nature.

ARGAN. – Pour moi, j'en suis surpris, et...

Scène 9

TOINETTE, ARGAN, BÉRALDE

TOINETTE *quitte son habit de médecin si promptement qu'il est difficile de croire que ce soit elle qui a paru en médecin.* – Que voulez-vous, Monsieur ?

ARGAN. – Comment ?

TOINETTE. – Ne m'avez-vous pas appelée ?

ARGAN. – Moi ? non.

TOINETTE. – Il faut donc que les oreilles m'aient corné[1].

ARGAN. – Demeure un peu ici pour voir comme ce médecin te ressemble.

TOINETTE, *en sortant.* – Oui, vraiment, j'ai affaire là-bas, et je l'ai assez vu.

ARGAN. – Si je ne les voyais tous deux, je croirais que ce n'est qu'un.

BÉRALDE. – J'ai lu des choses surprenantes de ces sortes de ressemblances, et nous en avons vu de notre temps où tout le monde s'est trompé.

---

1. ***Que les oreilles m'aient corné*** : que j'aie entendu des voix.

ARGAN. – Pour moi, j'aurais été trompé à celle-là, et j'aurais juré que c'est la même personne.

Scène 10

TOINETTE, *en médecin* ; ARGAN, BÉRALDE

TOINETTE. – Monsieur, je vous demande pardon de tout mon cœur.

ARGAN. – Cela est admirable !

TOINETTE. – Vous ne trouverez pas mauvais, s'il vous plaît, la curiosité que j'ai eue de voir un illustre malade comme vous êtes ; et votre réputation, qui s'étend partout, peut excuser la liberté que j'ai prise.

ARGAN. – Monsieur, je suis votre serviteur.

TOINETTE. – Je vois, Monsieur, que vous me regardez fixement. Quel âge croyez-vous bien que j'aie ?

ARGAN. – Je crois que tout au plus vous pouvez avoir vingt-six ou vingt-sept ans.

TOINETTE. – Ah ! ah ! ah ! ah ! ah ! j'en ai quatre-vingt-dix.

ARGAN. – Quatre-vingt-dix ?

TOINETTE. – Oui. Vous voyez un effet des secrets de mon art, de me conserver ainsi frais et vigoureux.

ARGAN. – Par ma foi ! voilà un beau jeune vieillard pour quatre-vingt-dix ans.

TOINETTE. – Je suis médecin passager[1], qui vais de ville en ville, de province en province, de royaume en royaume, pour chercher

1. ***Passager*** : ambulant.

d'illustres matières à ma capacité[1], pour trouver des malades dignes de m'occuper, capables d'exercer les grands et beaux secrets que j'ai trouvés dans la médecine. Je dédaigne de m'amuser à ce menu fatras[2] de maladies ordinaires, à ces bagatelles de rhumatisme et de fluxions[3], à ces fiévrottes[4], à ces vapeurs[5], et à ces migraines. Je veux des maladies d'importance : de bonnes fièvres continues avec des transports au cerveau[6], de bonnes fièvres pourprées[7], de bonnes pestes, de bonnes hydropisies[8] formées, de bonnes pleurésies[9], avec des inflammations de poitrine : c'est là que je me plais, c'est là que je triomphe ; et je voudrais, Monsieur, que vous eussiez toutes les maladies que je viens de dire, que vous fussiez abandonné de tous les médecins, désespéré, à l'agonie, pour vous montrer l'excellence de mes remèdes, et l'envie que j'aurais de vous rendre service.

ARGAN. – Je vous suis obligé, Monsieur, des bontés que vous avez pour moi.

TOINETTE. – Donnez-moi votre pouls. Allons donc, que l'on batte comme il faut. Ahy, je vous ferai bien aller comme vous devez. Hoy, ce pouls-là fait l'impertinent : je vois bien que vous ne me connaissez pas encore. Qui est votre médecin ?

ARGAN. – Monsieur Purgon.

TOINETTE. – Cet homme-là n'est point écrit sur mes tablettes entre les grands médecins. De quoi dit-il que vous êtes malade ?

---

1. ***D'illustres matières à ma capacité*** : des sujets dignes de ma compétence.
2. ***Fatras*** : amas confus.
3. ***Fluxion*** : accumulation de liquide dans le corps.
4. ***Fiévrottes*** : petites fièvres.
5. ***Vapeurs*** : troubles.
6. ***Transports au cerveau*** : délires.
7. ***Fièvres pourprées*** : fièvres rouges (comme la scarlatine, la rougeole, etc.).
8. ***Hydropisie*** : accumulation d'eau dans le corps.
9. ***Pleurésie*** : inflammation du poumon.

ARGAN. – Il dit que c'est du foie, et d'autres disent que c'est de la rate.

TOINETTE. – Ce sont tous des ignorants : c'est du poumon que vous êtes malade.

ARGAN. – Du poumon ?

TOINETTE. – Oui. Que sentez-vous ?

ARGAN. – Je sens de temps en temps des douleurs de tête.

TOINETTE. – Justement, le poumon.

ARGAN. – Il me semble parfois que j'ai un voile devant les yeux.

TOINETTE. – Le poumon.

ARGAN. – J'ai quelquefois des maux de cœur.

TOINETTE. – Le poumon.

ARGAN. – Je sens parfois des lassitudes par tous les membres.

TOINETTE. – Le poumon.

ARGAN. – Et quelquefois il me prend des douleurs dans le ventre, comme si c'était des coliques.

TOINETTE. – Le poumon. Vous avez appétit à ce que vous mangez ?

ARGAN. – Oui, Monsieur.

TOINETTE. – Le poumon. Vous aimez à boire un peu de vin ?

ARGAN. – Oui, Monsieur.

TOINETTE. – Le poumon. Il vous prend un petit sommeil après le repas et vous êtes bien aise de dormir ?

ARGAN. – Oui, Monsieur.

TOINETTE. – Le poumon, le poumon, vous dis-je. Que vous ordonne votre médecin pour votre nourriture ?

ARGAN. – Il m'ordonne du potage.

TOINETTE. – Ignorant.

ARGAN. – De la volaille.

TOINETTE. – Ignorant.

ARGAN. – Du veau.

TOINETTE. – Ignorant.

ARGAN. – Des bouillons.

TOINETTE. – Ignorant.

ARGAN. – Des œufs frais.

TOINETTE. – Ignorant.

ARGAN. – Et le soir de petits pruneaux pour lâcher[1] le ventre.

TOINETTE. – Ignorant.

ARGAN. – Et surtout de boire mon vin fort trempé[2].

TOINETTE. – *Ignorantus, ignoranta, ignorantum*[3]. Il faut boire votre vin pur ; et pour épaissir votre sang qui est trop subtil[4], il faut manger de bon gros bœuf, de bon gros porc, de bon fromage de Hollande, du gruau et du riz, et des marrons et des oublies[5], pour coller et conglutiner[6]. Votre médecin est une

1. ***Lâcher*** : relâcher.
2. ***Trempé*** : dilué dans l'eau.
3. ***Ignorantus, a, um*** (adjectif latin au nominatif masculin, féminin et neutre) : ignorant.
4. ***Subtil*** : dilué.
5. ***Oublies*** : petites pâtisseries rondes.
6. ***Conglutiner*** : épaissir.

bête. Je veux vous en envoyer un de ma main, et je viendrai vous voir de temps en temps, tandis que je serai en cette ville.

ARGAN. – Vous m'obligez beaucoup.

TOINETTE. – Que diantre faites-vous de ce bras-là ?

ARGAN. – Comment ?

TOINETTE. – Voilà un bras que je me ferais couper tout à l'heure[1], si j'étais que de vous[2].

ARGAN. – Et pourquoi ?

TOINETTE. – Ne voyez-vous pas qu'il tire à soi toute la nourriture, et qu'il empêche ce côté-là de profiter ?

ARGAN. – Oui ; mais j'ai besoin de mon bras.

TOINETTE. – Vous avez là aussi un œil droit que je me ferais crever, si j'étais en votre place.

ARGAN. – Crever un œil ?

TOINETTE. – Ne voyez-vous pas qu'il incommode l'autre, et lui dérobe sa nourriture ? Croyez-moi, faites-vous-le crever au plus tôt, vous en verrez plus clair de l'œil gauche.

ARGAN. – Cela n'est pas pressé.

TOINETTE. – Adieu. Je suis fâché de vous quitter si tôt ; mais il faut que je me trouve à une grande consultation qui se doit faire pour un homme qui mourut hier.

ARGAN. – Pour un homme qui mourut hier ?

TOINETTE. – Oui, pour aviser, et voir ce qu'il aurait fallu lui faire pour le guérir. Jusqu'au revoir.

---

1. ***Tout à l'heure*** : immédiatement.
2. ***Si j'étais que de vous*** : si j'étais à votre place.

ARGAN. – Vous savez que les malades ne reconduisent point.

BÉRALDE. – Voilà un médecin vraiment qui paraît fort habile[1].

ARGAN. – Oui, mais il va un peu bien vite.

BÉRALDE. – Tous les grands médecins sont comme cela.

ARGAN. – Me couper un bras, et me crever un œil, afin que l'autre se porte mieux ? J'aime bien mieux qu'il ne se porte pas si bien. La belle opération, de me rendre borgne et manchot !

Scène 11

TOINETTE, ARGAN, BÉRALDE

TOINETTE. – Allons, allons, je suis votre servante, je n'ai pas envie de rire.

ARGAN. – Qu'est-ce que c'est ?

TOINETTE. – Votre médecin, ma foi ! qui me voulait tâter le pouls.

ARGAN. – Voyez un peu, à l'âge de quatre-vingt-dix ans !

BÉRALDE. – Oh çà, mon frère, puisque voilà votre Monsieur Purgon brouillé avec vous, ne voulez-vous pas bien que je vous parle du parti qui s'offre pour ma nièce ?

ARGAN. – Non, mon frère : je veux la mettre dans un couvent, puisqu'elle s'est opposée à mes volontés. Je vois bien qu'il y a quelque amourette là-dessous, et j'ai découvert certaine entrevue secrète, qu'on ne sait pas que j'aie découverte.

BÉRALDE. – Hé bien ! mon frère, quand il y aurait quelque petite inclination, cela serait-il si criminel, et rien[2] peut-il vous

1. ***Habile*** : savant.
2. ***Rien*** : cela.

offenser, quand tout ne va qu'à des choses honnêtes comme le mariage ?

ARGAN. – Quoi qu'il en soit, mon frère, elle sera religieuse, c'est une chose résolue.

BÉRALDE. – Vous voulez faire plaisir à quelqu'un.

ARGAN. – Je vous entends : vous en revenez toujours là, et ma femme vous tient au cœur.

BÉRALDE. – Hé bien ! oui, mon frère, puisqu'il faut parler à cœur ouvert, c'est votre femme que je veux dire ; et non plus que[1] l'entêtement de la médecine, je ne puis vous souffrir l'entêtement où vous êtes pour elle, et voir que vous donniez tête baissée dans tous les pièges qu'elle vous tend.

TOINETTE. – Ah ! Monsieur, ne parlez point de Madame : c'est une femme sur laquelle il n'y a rien à dire, une femme sans artifice, et qui aime Monsieur, qui l'aime... on ne peut pas dire cela.

ARGAN. – Demandez-lui un peu les caresses qu'elle me fait.

TOINETTE. – Cela est vrai.

ARGAN. – L'inquiétude que lui donne ma maladie.

TOINETTE. – Assurément.

ARGAN. – Et les soins et les peines qu'elle prend autour de moi.

TOINETTE. – Il est certain. Voulez-vous que je vous convainque, et vous fasse voir tout à l'heure comme Madame aime Monsieur ? Monsieur, souffrez que je lui montre son bec jaune[2], et le tire d'erreur.

ARGAN. – Comment ?

---

1. ***Non plus que*** : pas plus que.
2. ***Que je lui montre son bec jaune*** : que je lui montre son erreur.

TOINETTE. – Madame s'en va revenir. Mettez-vous tout étendu dans cette chaise, et contrefaites[1] le mort. Vous verrez la douleur où elle sera, quand je lui dirai la nouvelle.

ARGAN. – Je le veux bien.

TOINETTE. – Oui ; mais ne la laissez pas longtemps dans le désespoir, car elle en pourrait bien mourir.

ARGAN. – Laisse-moi faire.

TOINETTE, *à Béralde.* – Cachez-vous, vous, dans ce coin-là.

ARGAN. – N'y a-t-il point quelque danger à contrefaire le mort ?

TOINETTE. – Non, non : quel danger y aurait-il ? Étendez-vous là seulement. (*Bas.*) Il y aura plaisir à confondre votre frère. Voici Madame. Tenez-vous bien.

Scène 12

BÉLINE, TOINETTE, ARGAN, BÉRALDE

TOINETTE *s'écrie.* – Ah, mon Dieu ! Ah, malheur ! Quel étrange accident !

BÉLINE. – Qu'est-ce, Toinette ?

TOINETTE. – Ah, Madame !

BÉLINE. – Qu'y a-t-il ?

TOINETTE. – Votre mari est mort.

BÉLINE. – Mon mari est mort ?

TOINETTE. – Hélas ! oui. Le pauvre défunt est trépassé[2].

---

1. ***Contrefaites*** : imitez.
2. ***Trépassé*** : mort.

BÉLINE. – Assurément ?

TOINETTE. – Assurément. Personne ne sait encore cet accident[1]-là, et je me suis trouvée ici toute seule. Il vient de passer[2] entre mes bras. Tenez, le voilà tout de son long dans cette chaise.

BÉLINE. – Le Ciel en soit loué ! Me voilà délivrée d'un grand fardeau. Que tu es sotte, Toinette, de t'affliger de cette mort !

TOINETTE. – Je pensais, Madame, qu'il fallût pleurer.

BÉLINE. – Va, va, cela n'en vaut pas la peine. Quelle perte est-ce que la sienne ? et de quoi servait-il sur la terre ? Un homme incommode à tout le monde, malpropre, dégoûtant, sans cesse un lavement ou une médecine[3] dans le ventre, mouchant, toussant, crachant toujours, sans esprit, ennuyeux, de mauvaise humeur, fatiguant sans cesse les gens, et grondant jour et nuit servantes et valets.

TOINETTE. – Voilà une belle oraison funèbre.

BÉLINE. – Il faut, Toinette, que tu m'aides à exécuter mon dessein, et tu peux croire qu'en me servant ta récompense est sûre. Puisque, par un bonheur, personne n'est encore averti de la chose, portons-le dans son lit, et tenons cette mort cachée, jusqu'à ce que j'aie fait mon affaire. Il y a des papiers, il y a de l'argent dont je veux me saisir, et il n'est pas juste que j'aie passé sans fruit auprès de lui mes plus belles années. Viens, Toinette, prenons auparavant toutes ses clefs.

ARGAN, *se levant brusquement*. – Doucement.

BÉLINE, *surprise et épouvantée*. – Ahy !

ARGAN. – Oui, Madame ma femme, c'est ainsi que vous m'aimez ?

---

1. ***Accident*** : événement (sens étymologique).
2. ***Passer*** : mourir.
3. ***Médecine*** : médicament.

TOINETTE. – Ah, ah ! le défunt n'est pas mort.

ARGAN, *à Béline, qui sort.* – Je suis bien aise de voir votre amitié [1], et d'avoir entendu le beau panégyrique [2] que vous avez fait de moi. Voilà un avis au lecteur [3] qui me rendra sage à l'avenir, et qui m'empêchera de faire bien des choses.

BÉRALDE, *sortant de l'endroit où il était caché.* – Hé bien ! mon frère, vous le voyez.

TOINETTE. – Par ma foi ! Je n'aurais jamais cru cela. Mais j'entends votre fille : remettez-vous comme vous étiez, et voyons de quelle manière elle recevra votre mort [4]. C'est une chose qu'il n'est pas mauvais d'éprouver ; et puisque vous êtes en train, vous connaîtrez par là les sentiments que votre famille a pour vous.

Scène 13

ANGÉLIQUE, ARGAN, TOINETTE, BÉRALDE

TOINETTE *s'écrie.* – Ô Ciel ! ah ! fâcheuse aventure [5] ! Malheureuse journée !

ANGÉLIQUE. – Qu'as-tu, Toinette, et de quoi pleures-tu ?

TOINETTE. – Hélas ! j'ai de tristes nouvelles à vous donner.

ANGÉLIQUE. – Hé quoi ?

TOINETTE. – Votre père est mort.

ANGÉLIQUE. – Mon père est mort, Toinette ?

---

1. ***Amitié*** : affection.
2. ***Panégyrique*** : éloge.
3. ***Avis au lecteur*** : avertissement.
4. ***Elle recevra votre mort*** : elle apprendra la nouvelle de votre mort.
5. ***Fâcheuse aventure*** : événement pénible.

TOINETTE. – Oui ; vous le voyez là. Il vient de mourir tout à l'heure[1] d'une faiblesse qui lui a pris.

ANGÉLIQUE. – Ô Ciel ! quelle infortune ! quelle atteinte cruelle ! Hélas ! faut-il que je perde mon père, la seule chose qui me restait au monde ? et qu'encore, pour un surcroît de désespoir, je le perde dans un moment où il était irrité contre moi ? Que deviendrai-je, malheureuse, et quelle consolation trouver après une si grande perte ?

Scène 14 et dernière

CLÉANTE, ANGÉLIQUE, ARGAN, TOINETTE, BÉRALDE

CLÉANTE. – Qu'avez-vous donc, belle Angélique ? et quel malheur pleurez-vous ?

ANGÉLIQUE. – Hélas ! je pleure tout ce que dans la vie je pouvais perdre de plus cher et de plus précieux : je pleure la mort de mon père.

CLÉANTE. – Ô Ciel ! quel accident[2] ! quel coup inopiné[3] ! Hélas ! après la demande que j'avais conjuré[4] votre oncle de lui faire pour moi, je venais me présenter à lui, et tâcher par mes respects et par mes prières de disposer son cœur à vous accorder à mes vœux.

ANGÉLIQUE. – Ah ! Cléante, ne parlons plus de rien. Laissons là toutes les pensées du mariage. Après la perte de mon père, je ne veux plus être du monde, et j'y renonce pour jamais. Oui, mon père, si j'ai résisté tantôt à vos volontés, je veux suivre du

1. ***Tout à l'heure*** : à l'instant.
2. ***Quel accident !*** : quel événement !
3. ***Inopiné*** : inattendu.
4. ***Conjuré*** : supplié.

moins une de vos intentions, et réparer par là le chagrin que je m'accuse de vous avoir donné. Souffrez, mon père, que je vous en donne ici ma parole, et que je vous embrasse pour vous témoigner mon ressentiment[1].

ARGAN *se lève.* – Ah, ma fille !

ANGÉLIQUE, *épouvantée.* – Ahy !

ARGAN. – Viens. N'aie point de peur, je ne suis pas mort. Va, tu es mon vrai sang, ma véritable fille ; et je suis ravi d'avoir vu ton bon naturel.

ANGÉLIQUE. – Ah ! quelle surprise agréable, mon père ! Puisque par un bonheur extrême le Ciel vous redonne à mes vœux, souffrez qu'ici je me jette à vos pieds pour vous supplier d'une chose. Si vous n'êtes pas favorable au penchant de mon cœur, si vous me refusez Cléante pour époux, je vous conjure[2] au moins de ne me point forcer d'en épouser un autre. C'est toute la grâce que je vous demande.

CLÉANTE *se jette à genoux.* – Eh ! Monsieur, laissez-vous toucher à ses prières et aux miennes, et ne vous montrez point contraire aux mutuels empressements d'une si belle inclination.

BÉRALDE. – Mon frère, pouvez-vous tenir là contre[3] ?

TOINETTE. – Monsieur, serez-vous insensible à tant d'amour ?

ARGAN. – Qu'il se fasse médecin, je consens au mariage. Oui, faites-vous médecin, je vous donne ma fille.

CLÉANTE. – Très volontiers, Monsieur : s'il ne tient qu'à cela pour être votre gendre, je me ferai médecin, apothicaire[4] même, si

1. ***Ressentiment*** : sentiment de douleur et d'affection.
2. ***Conjure*** : supplie.
3. ***Tenir là contre*** : résister (à ces arguments).
4. ***Apothicaire*** : pharmacien.

vous voulez. Ce n'est pas une affaire que cela, et je ferais bien d'autres choses pour obtenir la belle Angélique.

BÉRALDE. – Mais, mon frère, il me vient une pensée : faites-vous médecin vous-même. La commodité sera encore plus grande, d'avoir en vous tout ce qu'il vous faut.

TOINETTE. – Cela est vrai. Voilà le vrai moyen de vous guérir bientôt ; et il n'y a point de maladie si osée, que de se jouer à [1] la personne d'un médecin.

ARGAN. – Je pense, mon frère, que vous vous moquez de moi : est-ce que je suis en âge d'étudier ?

BÉRALDE. – Bon, étudier ! Vous êtes assez savant ; et il y en a beaucoup parmi eux qui ne sont pas plus habiles [2] que vous.

ARGAN. – Mais il faut savoir bien parler latin, connaître les maladies, et les remèdes qu'il y faut faire.

BÉRALDE. – En recevant la robe et le bonnet de médecin, vous apprendrez tout cela, et vous serez après plus habile que vous ne voudrez.

ARGAN. – Quoi ? l'on sait discourir sur les maladies quand on a cet habit-là ?

BÉRALDE. – Oui. L'on n'a qu'à parler avec une robe et un bonnet, tout galimatias devient savant, et toute sottise devient raison.

TOINETTE. – Tenez, Monsieur, quand il n'y aurait que votre barbe, c'est déjà beaucoup, et la barbe fait plus de la moitié d'un médecin.

CLÉANTE. – En tout cas, je suis prêt à tout.

BÉRALDE. – Voulez-vous que l'affaire se fasse tout à l'heure ?

---

1. ***Se jouer à*** : s'attaquer à.
2. ***Habiles*** : savants.

ARGAN. – Comment tout à l'heure ?

BÉRALDE. – Oui, et dans votre maison.

ARGAN. – Dans ma maison ?

BÉRALDE. – Oui. Je connais une Faculté de mes amies, qui viendra tout à l'heure en faire la cérémonie dans votre salle. Cela ne vous coûtera rien.

ARGAN. – Mais moi, que dire, que répondre ?

BÉRALDE. – On vous instruira en deux mots, et l'on vous donnera par écrit ce que vous devez dire. Allez-vous-en vous mettre en habit décent [1], je vais les envoyer quérir [2].

ARGAN. – Allons voyons cela.

CLÉANTE. – Que voulez-vous dire, et qu'entendez-vous avec cette Faculté de vos amies… ?

TOINETTE. – Quel est donc votre dessein ?

BÉRALDE. – De nous divertir un peu ce soir. Les comédiens ont fait un petit intermède de la réception d'un médecin [3], avec des danses et de la musique ; je veux que nous en prenions ensemble le divertissement, et que mon frère y fasse le premier personnage.

ANGÉLIQUE. – Mais mon oncle, il me semble que vous vous jouez [4] un peu beaucoup de mon père.

BÉRALDE. – Mais, ma nièce, ce n'est pas tant le jouer que s'accommoder à ses fantaisies [5]. Tout ceci n'est qu'entre nous.

---

1. ***Décent*** : convenable à la cérémonie.
2. ***Quérir*** : chercher.
3. ***La réception d'un médecin*** : cérémonie au cours de laquelle un étudiant est reçu médecin.
4. ***Vous vous jouez*** : vous vous moquez.
5. ***S'accommoder à ses fantaisies*** : se conformer à ses lubies.

Nous y pouvons aussi prendre chacun un personnage, et nous donner ainsi la comédie les uns aux autres. Le carnaval[1] autorise cela. Allons vite préparer toutes choses.

CLÉANTE, *à Angélique*. – Y consentez-vous ?

ANGÉLIQUE. – Oui, puisque mon oncle nous conduit.

Troisième intermède

C'est une cérémonie burlesque d'un homme qu'on fait médecin en récit, chant et danse.

ENTRÉE DE BALLET

Plusieurs tapissiers viennent préparer la salle et placer les bancs en cadence ; ensuite de quoi toute l'assemblée (composée de huit porte-seringues, six apothicaires, vingt-deux docteurs, celui qui se fait recevoir médecin, huit chirurgiens dansants, et deux chantants) entre, et prend ses places, selon les rangs.

PRÆSES

Sçavantissimi doctores,
Medicinae professores,
Qui hic assemblati estis,
Et vos, altri Messiores,
Sententiarum Facultatis
Fideles executores,
Chirurgiani et apothicari,
Atque tota compania aussi,
Salus, honor, et argentum,
Atque bonum appetitum.

1. ***Le carnaval*** : l'action du *Malade imaginaire* se déroule pendant la période du carnaval.

Non possum, docti Confreri,
En moi satis admirari
Qualis bona inventio
Est medici professio,
Quam bella chosa est, et bene trovata,
Medicina illa benedicta,
Quae suo nomine solo,
Surprenanti miraculo,
Depuis si longo tempore,
Facit à gogo vivere
Tant de gens omni genere.

Per totam terram videmus
Grandam vogam ubi sumus,
Et quod grandes et petiti
Sunt de nobis infatuti.
Totus mundus, currens ad nostros remedios,
Nos regardat sicut Deos ;
Et nostris ordonnanciis
Principes et reges soumissos videtis.

Donque il est nostræ sapientiæ,
Boni sensus atque prudentiæ,
De fortement travaillare
A nos bene conservare
In tali credito, voga, et honore,
Et prandere gardam à non recevere
In nostro docto corpore
Quam personas capabiles,
Et totas dignas ramplire
Has plaças honorabiles.

C'est pour cela que nunc convocati estis :
Et credo quod trovabitis
Dignam matieram medici

In sçavanti homine que voici,
Lequel, in chosis omnibus,
Dono ad interrogandum,
Et à fond examinandum
Vostris capacitatibus.

PRIMUS DOCTOR

Si mihi licenciam dat Dominus Præses,
Et tanti docti Doctores,
Et assistantes illustres,
Très sçavanti Bacheliero,
Quem estimo et honoro,
Domandabo causam et rationem quare
Opium facit dormire.

BACHELIERUS

Mihi a docto Doctore
Domandatur causam et rationem quare
Opium facit dormire :
A quoi respondeo,
Quia est in eo
Virtus dormitiva,
Cujus est natura
Sensus assoupire.

CHORUS

Bene, bene, bene, bene respondere :
Dignus, dignus est entrare
In nostro docto corpore.

SECUNDUS DOCTOR

Cum permissione Domini Præsidis,
Doctissimæ Facultatis,
Et totius his nostris actis
Companiæ assistantis,
Domandabo tibi, docte Bacheliere,

Quæ sunt remedia
Quæ in maladia
Ditte hydropisia
Convenit facere.

BACHELIERUS

Clysterium donare,
Postea seignare,
Ensuitta purgare.

CHORUS

Bene, bene, bene, bene respondere.
Dignus, dignus est entrare
In nostro docto corpore.

TERTIUS DOCTOR

Si bonum semblatur Domino Præsidi,
Doctissimæ Facultati,
Et companiæ præsenti,
Domandabo tibi, docte Bacheliere,
Quæ remedia eticis,
Pulmonicis, atque asmaticis,
Trovas à propos facere.

BACHELIERUS

Clysterium donare,
Postea seignare,
Ensuitta purgare.

CHORUS

Bene, bene, bene, bene respondere :
Dignus, dignus est entrare
In nostro docto corpore.

QUARTUS DOCTOR

Super illas maladias
Doctus Bachelierus dixit maravillas,

Mais si non ennuyo Dominum Præsidem,
Doctissimam Facultatem,
Et totam honorabilem
Companiam ecoutantem,
Faciam illi unam quæstionem.
De hiero maladus unus
Tombavit in meas manus :
Habet grandam fievram cum redoublamentis,
Grandam dolorem capitis,
Et grandum malum au costé,
Cum granda difficultate
Et pœna de respirare :
Veillas mihi dire,
Docte Bacheliere,
Quid illi facere ?

BACHELIERUS

Clysterium donare,
Postea seignare,
Ensuitta purgare.

QUINTUS DOCTOR

Mais si maladia
Opiniatria
Non vult se garire,
Quid illi facere ?

BACHELIERUS

Clysterium donare,
Postea seignare,
Ensuitta purgare.

CHORUS

Bene, bene, bene, bene respondere :
Dignus, dignus est entrare
In nostro docto corpore.

PRÆSES

Juras gardare statuta
Per Facultatem præscripta
Cum sensu et jugeamento ?

BACHELIERUS

Juro[1].

PRÆSES

Essere, in omnibus
Consultationibus,
Ancieni aviso,
Aut bono,
Aut mauvaiso ?

BACHELIERUS

Juro.

PRÆSES

De non jamais te servire
De remediis aucunis
Quam de ceux seulement doctæ Facultatis,
Maladus dust-il crevare,
Et mori de suo malo ?

BACHELIERUS

Juro.

PRÆSES

Ego, cum isto boneto
Venerabili et docto,
Dono tibi et concedo
Virtutem et puissanciam
Medicandi,

---

1. C'est à ce moment que Molière eut un crachement de sang lors de la quatrième représentation de la pièce.

Purgandi,
Seignandi,
Perçandi,
Taillandi,
Coupandi
Et occidendi
Impune per totam terram.

ENTRÉE DE BALLET

Tous les Chirurgiens et Apothicaires viennent lui faire la révérence en cadence.

BACHELIERUS

Grandes doctores doctrinæ
De la rhubarbe et du séné,
Ce serait sans douta à moi chosa folla,
Inepta et ridicula,
Si j'alloibam m'engageare,
Volis louangeas donare,
Et entreprenoibam adjoutare
Des lumieras au soleillo,
Et des étoilas au cielo,
Des ondas à l'Oceano,
Et des rosas au printanno.
Agreate qu'avec uno moto,
Pro toto remercimento,
Rendam gratiam corpori tam docto.
Vobis, vobis debeo
Bien plus qu'à naturæ et qu'à patri meo :
Natura et pater meus
Hominem me habent factum ;
Mais vos me, ce qui est bien plus,
Avetis factum medicum,
Honor, favor, et gratia
Qui, in hoc corde que voilà,

Imprimant ressentimenta
Qui dureront in secula.

CHORUS

Vivat, vivat, vivat, vivat, cent fois vivat
Novus Doctor, qui tam bene parlat !
Mille, mille annis et manget et bibat,
Et seignet et tuat !

ENTRÉE DE BALLET

Tous les Chirurgiens et les Apothicaires dansent au son des instruments et des voix, et des battements de mains, et des mortiers d'apothicaires.

CHIRURGUS

Puisse-t-il voir doctas
Suas ordonnancias
Omnium chirurgorum
Et apothiquarum
Remplire boutiquas !

CHORUS

Vivat, vivat, vivat, vivat, cent fois vivat
Novus Doctor, qui tam bene parlat !
Mille, mille annis et manget et bibat,
Et seignet et tuat !

CHIRURGUS

Puissent toti anni
Lui essere boni
Et favorabiles,
Et n'habere jamais
Quam pestas, verolas,
Fievras, pluresias,
Fluxus de sang, et dyssenterias !

CHORUS

Vivat, vivat, vivat, vivat, cent fois vivat
Novus Doctor, qui tam bene parlat !
Mille, mille annis et manget et bibat,
Et seignet et tuat !

DERNIÈRE ENTRÉE DE BALLET

GLOSSAIRE

GLOSSAIRE

Amour

AIMABLE : digne d'être aimé.

ALLIÉ : parent par alliance.

AMANT : personne qui aime et est aimée.

AMITIÉ : affection.

CARESSE : marque d'affection.

COMMERCE : relation, entretien, fréquentation.

CONFIDEMMENT : sur le ton de la confidence.

CONNAISSANCE : rencontre.

CONVOLER : se marier.

EMPRESSEMENT : témoignage d'amour, d'affection.

FEU(X) : amour.

FLAMME : amour, passion.

GALANT : délicat.

GENDRE PRÉTENDU : futur gendre.

HYMEN : mariage.

INCLINATION : attirance amoureuse.

MAÎTRESSE : femme aimée.

SOINS : soucis, inquiétudes, préoccupations.

TRANSPORT : passion.

VOLAGE : inconstant, infidèle.

Médecin, médecine

APEPSIE : impossibilité de digérer.

APOTHICAIRE : pharmacien.

CASSE : remède qui sert à purger.

CLYSTÈRE : lavement.

CREVER : mourir.

CURES : traitements, soins médicaux.

DYSENTERIE : forte diarrhée infectieuse.

DYSPEPSIE : mauvaise digestion.

EXPÉDIER : faire mourir.

FLUXION : afflux de sang ou d'autres liquides dans certains tissus du corps.

HUMEURS : liquides irriguant le corps humain (le sang, le phlegme, la bile et la bile noire).

HYDROPISIE : accumulation d'eau dans une partie du corps humain.

INCURABLE : qu'on ne peut guérir.

MÉDECINE : médicament.

PASSER : trépasser, mourir.

PLEURÉSIE : inflammation du poumon.

PRISE : dose.

PURGATIF : qui sert à purger.

SÉNÉ : sorte de casse. Médicament qui sert à purger.

SYMPATHIE : rapport unissant deux ou plusieurs organes.

TRÉPASSER : mourir.

VAPEURS : étourdissements.

Savoir

DISPUTES : discussions publiques sur les sujets des thèses.

DOCTE : savant.

GALIMATIAS : discours confus et prétentieux.

HABILE : compétent.

(QUALITÉ) JUDICIAIRE : jugement.

RÉGENTS : maîtres d'école.

SONGER : penser.

DOSSIER

- Êtes-vous un lecteur attentif ?
- Retrouvez le fil de l'intrigue !
- Le jeu des portraits
- Mettez en scène !
- Les médecins vus par Molière
- Rions ensemble

Êtes-vous un lecteur attentif ?

1. Le prologue du *Malade imaginaire* est dédié à

A. Louis XIII
B. Louis XIV
C. Louis XVI

2. Toinette est la confidente

A. de Béline
B. d'Angélique
C. de Béline et Angélique

3. Au début de la comédie, Argan affirme sa volonté de marier Angélique à

A. Cléante
B. Monsieur Diafoirus
C. Thomas Diafoirus

4. Thomas Diafoirus est

A. le gendre de Monsieur Purgon
B. le fils de Monsieur Fleurant
C. le neveu de Monsieur Purgon

5. Béline, la seconde femme du « malade imaginaire » est

A. du même âge qu'Argan
B. plus jeune qu'Argan
C. beaucoup plus jeune qu'Argan

6. Béline veut qu'Angélique et Louison entrent au couvent

A. parce qu'elle est très croyante
B. parce qu'elle veut s'emparer du bien d'Argan sans avoir à le partager avec ses belles-filles
C. parce qu'elle veut vivre seule avec Argan

7. Cléante et Angélique se sont rencontrés pour la première fois

A. chez Argan
B. chez le maître de musique d'Angélique
C. au théâtre il y a six jours

8. Dans l'acte II, Cléante utilise un stratagème pour rencontrer Angélique. Il dit à Argan

A. qu'il vient de la part de M. Purgon
B. qu'il est l'ami intime de Thomas Diafoirus
C. qu'il vient remplacer le maître de musique d'Angélique

9. Dans la pièce, le mariage d'Angélique et de Thomas Diafoirus doit être célébré

A. dans une semaine
B. dans quatre jours
C. dans un mois

10. Angélique

A. aime Thomas Diafoirus
B. regrette que Cléante ne soit pas médecin
C. trouve Thomas Diafoirus ridicule et aime Cléante

11. Béralde, le frère d'Argan, pense

A. que la médecine peut guérir les hommes
B. que les médecins sont de grands savants
C. que la médecine doit être modernisée pour devenir réellement efficace

12. Dans l'acte III de la pièce, M. Purgon rompt tout commerce avec Argan

A. parce que celui-ci a décidé de marier sa fille à un médecin
B. parce que Argan ne paie pas ses factures
C. parce que Argan n'a pas pris le clystère qu'il lui avait prescrit

13. Toinette pense

A. qu'Argan est malade du foie
B. qu'Argan souffre du poumon
C. qu'Argan se porte comme un charme

14. Toinette utilise un stratagème pour démasquer l'hypocrisie de Béline

A. elle se déguise en médecin
B. elle pousse Argan à contrefaire le mort
C. elle dit qu'Argan est devenu soudain très malade

15. Au dénouement du *Malade imaginaire*

A. Argan croit que les médecins sont tous des charlatans
B. Argan est définitivement guéri de sa maladie imaginaire
C. Argan croit plus que jamais être malade

Retrouvez le fil de l'intrigue !

Alors qu'il commençait les répétitions du *Malade imaginaire*, Molière, distrait, a dispersé les feuillets de son manuscrit. Aidez-le à remettre de l'ordre dans sa pièce : classez les péripéties suivantes en respectant le fil de l'intrigue...

A. Argan est consacré médecin lors d'une cérémonie burlesque.
B. Reclus dans sa chambre, Argan vérifie les comptes de son apothicaire.
C. Argan ne s'oppose plus au projet de mariage d'Angélique et de Cléante.
D. Angélique trouve Thomas Diafoirus ridicule et repousse ses avances.
E. Sur les conseils de Tomette, Argan contrefait le mort et découvre que Béline en veut à son bien.
F. Les Diafoirus rendent visite à Argan ; Thomas Diafoirus fait la rencontre d'Angélique.
G. Argan contrefait une nouvelle fois le mort et découvre la sincérité d'Angélique et de Cléante.
H. Argan annonce à Angélique qu'elle épousera Thomas Diafoirus.
I. S'opposant aux desseins de son maître, Toinette décide de servir les intérêts d'Angélique et Cléante.

Ordre : ....

DOSSIER

Le jeu des portraits

Retrouvez les personnages qui se cachent derrière ces portraits.

1. Appartenant à une famille de médecins, je suis un apprenti docteur, récemment sorti des écoles. Dans la pièce, je dois être marié à Angélique mais celle-ci me trouve profondément grotesque.

Qui suis-je ?..

2. J'aime Angélique d'un amour sincère et profond. D'ailleurs, je suis prêt à tout pour l'épouser... jusqu'à me faire médecin ou apothicaire pour plaire à son père.

Qui suis-je ?..

3. Personnage sensé et raisonnable, j'essaie de convaincre mon frère de l'inefficacité de la médecine et de le détourner de sa maladie imaginaire.

Qui suis-je ?..

4. Exerçant l'art médical, je suis présenté comme un charlatan qui exploite la crédulité d'Argan. Je romps même avec mon patient sous prétexte que celui-ci n'a pas pris le clystère que je lui avais prescrit.

Qui suis-je ?..

5. Me croyant profondément malade, j'éprouve une attirance maniaque pour la médecine, au point de vouloir marier une de mes filles à un médecin.

Qui suis-je ?..

6. J'exerce la fonction d'apothicaire. Dans la scène d'exposition, Argan compte mes factures et trouve mes « tarifs » trop élevés.

Qui suis-je ?..

7. Je suis un des nombreux médecins de la pièce. Dans l'acte II, j'emmène mon benêt de fils chez Argan pour conclure son mariage avec Angélique.

Qui suis-je ?..

8. J'exerce la fonction de notaire et suis de mèche avec Béline, qui m'utilise pour extorquer le bien d'Argan.
Qui suis-je ?..

Remplissez la fiche d'identité de Thomas Diafoirus.

Nom : ....
Fils de : ....
Profession : ....
Futur gendre de : ....
Doit être marié à : ....
Nombre d'apparitions dans la pièce : ....

Mettez en scène !

Pour faire représenter sa pièce, un auteur de théâtre multiplie dans son texte les indications de mise en scène. Cet extrait du *Malade imaginaire* (acte II, scène 2) comporte un grand nombre d'indications scéniques visant à préciser les attitudes ou les intonations de voix des personnages mais, par mégarde, Molière a oublié de les insérer dans son texte. Saurez-vous les mettre à leur place ?

raillant – feignant d'être en colère – elle fait semblant de parler
Toinette fait signe à Cléante d'avancer – elle fait semblant de parler – haut

ARGAN. – Monsieur Purgon m'a dit de me promener le matin dans ma chambre douze allées et douze venues ; mais j'ai oublié à lui demander si c'est en long ou en large.

TOINETTE. – Monsieur, voilà un…

ARGAN. – Parle bas, pendarde ! tu viens de m'ébranler tout le cerveau, et tu ne songes pas qu'il ne faut point parler si haut à des malades.

TOINETTE. – Je voulais vous dire, monsieur…

ARGAN. – Parle bas, te dis-je.

TOINETTE. – Monsieur…

(……………………………………)

ARGAN. – Eh ?

TOINETTE. – Je vous dis que…

(……………………………………)

ARGAN. – Qu'est-ce que tu dis ?

TOINETTE. – (…………………) Je dis que voilà un homme qui veut parler à vous.

ARGAN. – Qu'il vienne.

(……………………………………)

CLÉANTE. – Monsieur…

TOINETTE. – (………) Ne parlez pas si haut, de peur d'ébranler le cerveau de monsieur.

CLÉANTE. – Monsieur, je suis ravi de vous trouver debout et de voir que vous vous portez mieux.

TOINETTE. – (………) Comment, qu'il se porte mieux ? Cela est faux. Monsieur se porte toujours mal.

Pour faire représenter sa pièce, un auteur de théâtre a besoin d'un certain nombre d'accessoires. Trouvez l'accessoire qui convient le mieux à chaque personnage du *Malade imaginaire*.

	• une partition de musique
Argan •	
Louison •	• des seringues et des chapeaux pointus
Cléante •	• un fauteuil
Toinette •	• une poupée
Les Diafoirus •	• un tablier
M. Fleurant •	• une ordonnance de pharmacien

Les médecins vus par Molière

1. Combien y a-t-il de médecins dans *Le Malade imaginaire* ?

A. un
B. deux
C. trois
D. quatre
Comment s'appellent-ils ?..

2. Dans leurs discours, les médecins de la pièce utilisent souvent des formules :

A. italiennes
B. grecques
C. latines

Retrouvez une ou deux formules latines utilisées par Thomas Diafoirus dans l'acte II du *Malade imaginaire* :

....

Dans la pièce de Molière, trois personnages examinent tour à tour Argan. Reliez au médecin le diagnostic correspondant :

M. Purgon •	• Argan souffre du poumon.
Thomas Diafoirus •	• Argan souffre du foie.
Toinette •	• Argan souffre de la rate.

Lequel de ces trois personnages n'exerce pas la médecine ?

A. M. Purgon
B. Thomas Diafoirus
C. Toinette

Reliez les termes à la définition qui convient :

Satire •	• Discours qui célèbre quelqu'un ou quelque chose
Éloge •	• Écrit, discours qui s'attaque à quelqu'un, quelque chose en s'en moquant

DOSSIER

À votre avis, Molière fait-il un éloge ou une satire de la médecine ?

....

Complétez la grille de mots en vous aidant des définitions suivantes.

Horizontalement

1. Organe qui sécrète la bile. Siège de la maladie d'Argan selon M. Purgon.
2. Je suis l'ancêtre du pharmacien.
3. Synonyme de lavement. Remède souvent utilisé par M. Purgon ou M. Fleurant.

Verticalement

A. Dans la pièce, je suis un homme qui n'aime pas trop les médecins.
B. Liquides qui se trouvent dans le corps humain (sang, phlegme, bile, bile noire).
C. Célèbre médecin de l'Antiquité.

Rions ensemble

Le spectateur complice

Pourquoi le spectateur rit-il lorsque, dans l'acte I, Argan apprend à Angélique qu'il veut la marier ?

....

Pourquoi le spectateur rit-il lorsque, dans l'acte III, un médecin inconnu se présente pour succéder à M. Purgon ?

....

Pourquoi le spectateur rit-il lorsque Argan fait le mort, à l'acte III ?

....

Les différentes formes de comique

Reliez chaque terme à la définition appropriée.

	• comique axé sur les éléments amusants de la personnalité
comique de mots •	• comique axé sur le langage, sur les jeux verbaux
comique de situation •	
comique de caractère •	• comique axé sur des circonstances, sur un état de fait amusants

Un diagnostic comique

1. Lorsqu'elle se déguise en médecin, Toinette fait un diagnostic comique : elle dit qu'Argan souffre...

A. du foie
B. du poumon
C. de la rate

2. Pourquoi ce diagnostic nous fait-il rire ?

A. parce qu'il contredit celui de Diafoirus et de M. Purgon
B. parce que Toinette n'y connaît rien à la médecine
C. parce que Toinette répète sans cesse l'expression : « le poumon »

3. A-t-on affaire à un comique...

A. de mots
B. de caractère
C. de situation

Jeux de mots

Comment traduiriez-vous ce latin de mirliton ?

« Vivat, vivat, vivat, vivat, cent fois vivat
Novus doctor, qui tam bene parlat !
Mille, mille annis, et manget, et bibat
Et seignet, et tuat ! »

1. Lorsque M. Purgon, furieux, abandonne Argan à son triste sort, quelle phrase *Le Malade imaginaire* répète-t-il désespérément ?

....

2. Combien de fois ?

A. une fois ?
B. six fois ?
C. dix fois ?

3. M. Purgon s'exprime-t-il dans un langage...

A. simple et courant
B. médical et incompréhensible

Notes et citations

Notes et citations

Notes et citations

Notes et citation

ns

Notes et citations

Notes et citations

Notes et citations

Notes et citations

Les classiques et les contemporains dans la même collection

ANDERSEN
La Petite Fille et les allumettes et autres contes (171)

ANOUILH
La Grotte (324)

APULÉE
Amour et Psyché (2073)

ASIMOV
Le Club des Veufs noirs (314)

AUCASSIN ET NICOLETTE (43)

BALZAC
Le Bal de Sceaux (132)
Le Chef-d'œuvre inconnu (2208)
Le Colonel Chabert (2007)
Ferragus (48)
Le Père Goriot (349)
La Vendetta (28)

BARBEY D'AUREVILLY
Les Diaboliques – Le Rideau cramoisi, Le Bonheur dans le crime (2190)

BARRIE
Peter Pan (2179)

BAUDELAIRE
Les Fleurs du mal – *Nouvelle édition* (115)

BAUM (L. FRANK)
Le Magicien d'Oz (315)

LA BELLE ET LA BÊTE ET AUTRES CONTES (90)

BERBEROVA
L'Accompagnatrice (6)

BERNARDIN DE SAINT-PIERRE
Paul et Virginie (2170)

LA BIBLE
Histoire d'Abraham (2102)
Histoire de Moïse (2076)

BOVE
Le Crime d'une nuit. Le Retour de l'enfant (2201)

BRADBURY
L'Heure H et autres nouvelles (2050)
L'Homme brûlant et autres nouvelles (2110)

CARRIÈRE (JEAN-CLAUDE)
La Controverse de Valladolid (164)

CARROLL
Alice au pays des merveilles (2075)

CERVANTÈS
Don Quichotte (234)

CHAMISSO
L'Étrange Histoire de Peter Schlemihl (174)

LA CHANSON DE ROLAND (2151)

CHATEAUBRIAND
Mémoires d'outre-tombe (101)

CHEDID (ANDRÉE)
L'Enfant des manèges et autres nouvelles (70)
Le Message (310)

CHRÉTIEN DE TROYES
Lancelot ou le Chevalier de la charrette (116)
Perceval ou le Conte du graal (88)
Yvain ou le Chevalier au lion (66)

CLAUDEL (PHILIPPE)
Les Confidents et autres nouvelles (246)

COLETTE
Le Blé en herbe (257)

COLIN (FABRICE)
Projet oXatan (327)

COLLODI
Pinocchio (2136)

CORNEILLE
Le Cid – *Nouvelle édition* (18)

DAUDET
Aventures prodigieuses de Tartarin de Tarascon (2210)
Lettres de mon moulin (2068)

DEFOE
Robinson Crusoé (120)

DIDEROT
Jacques le Fataliste (317)
Le Neveu de Rameau (2218)
Supplément au Voyage de Bougainville (189)

DOYLE
Le Dernier Problème. La Maison vide (64)
Trois Aventures de Sherlock Holmes (37)

DUMAS
Le Comte de Monte-Cristo (85)
Pauline (233)
Les Trois Mousquetaires, t. 1 et 2 (2142 et 2144)

FABLIAUX DU MOYEN ÂGE (71)

LA FARCE DE MAÎTRE PATHELIN (3)

LA FARCE DU CUVIER ET AUTRES FARCES DU MOYEN ÂGE (139)

FERNEY (ALICE)
Grâce et Dénuement (197)

FLAUBERT
La Légende de saint Julien l'Hospitalier (111)
Un cœur simple (47)

GARCIN (CHRISTIAN)
Vies volées (346)

GAUTIER
Le Capitaine Fracasse (2207)
La Morte amoureuse. La Cafetière et autres nouvelles (2025)

GOGOL
Le Nez. Le Manteau (5)

GRAFFIGNY (MME DE)
Lettres d'une péruvienne (2216)

GRIMM
Le Petit Chaperon rouge et autres contes (98)

GRUMBERG (JEAN-CLAUDE)
L'Atelier (196)

HIGGINS (COLIN)
Harold et Maude – *Adaptation de Jean-Claude Carrière* (343)

HOBB (ROBIN)
Retour au pays (338)

HOFFMANN
L'Enfant étranger (2067)
L'Homme au Sable (2176)
Le Violon de Crémone. Les Mines de Falun (2036)

HOLDER (ÉRIC)
Mademoiselle Chambon (2153)

HOMÈRE
Les Aventures extraordinaires d'Ulysse (2225)
L'Iliade (2113)
L'Odyssée (125)

HUGO
Claude Gueux (121)
Le Dernier Jour d'un condamné (2074)
Les Misérables, t. 1 et 2 (96 et 97)
Notre-Dame de Paris (160)
Poésies 1. Enfances (2040)
Poésies 2. De Napoléon Ier à Napoléon III (2041)
Quatrevingt-treize (241)
Le roi s'amuse (307)
Ruy Blas (243)

JAMES
Le Tour d'écrou (236)

JARRY
Ubu Roi (2105)

KAFKA
La Métamorphose (83)

LABICHE
Un chapeau de paille d'Italie (114)

LA BRUYÈRE
Les Caractères (2186)

MME DE LAFAYETTE
La Princesse de Clèves (308)

LA FONTAINE
Le Corbeau et le Renard et autres fables – *Nouvelle édition des* Fables (319)

LANGELAAN (GEORGE)
La Mouche. Temps mort (330)

LAROUI (FOUAD)
L'Oued et le Consul et autres nouvelles (239)

LE FANU (SHERIDAN)
Carmilla (313)

LEROUX
Le Mystère de la Chambre Jaune (103)
Le Parfum de la dame en noir (2202)

LOTI
Le Roman d'un enfant (94)

MARIE DE FRANCE
Lais (2046)

MARIVAUX
La Double Inconstance (336)
L'Île des esclaves (332)

MATHESON (RICHARD)
Au bord du précipice et autres nouvelles (178)

STENDHAL

L'Abbesse de Castro (339)

Vanina Vanini. Le Coffre et le Revenant (44)

STEVENSON

Le Cas étrange du Dr Jekyll et de M. Hyde (2084)

L'Île au trésor (91)

STOKER

Dracula (188)

SWIFT

Voyage à Lilliput (2179)

TCHÉKHOV

La Mouette (237)

Une demande en mariage et autres pièces en un acte (108)

TITE-LIVE

La Fondation de Rome (2093)

TOURGUÉNIEV

Premier Amour (2020)

TROYAT (HENRI)

Aliocha (2013)

VALLÈS

L'Enfant (2082)

VERNE

Le Tour du monde en 80 jours (2204)

VILLIERS DE L'ISLE-ADAM

Véra et autres nouvelles fantastiques (2150)

VIRGILE

L'Énéide (109)

VOLTAIRE

Candide – *Nouvelle édition* (78)

L'Ingénu (2211)

Jeannot et Colin. Le monde comme il va (220)

Micromégas (135)

Zadig – *Nouvelle édition* (30)

WESTLAKE (DONALD)

Le Couperet (248)

WILDE

Le Fantôme de Canterville et autres nouvelles (33)

ZOLA

L'Attaque du moulin. Les Quatre Journées de Jean Gourdon (2024)

Germinal (123)

Thérèse Raquin (322)

Les anthologies dans la même collection

AU NOM DE LA LIBERTÉ
Poèmes de la Résistance (106)

L'AUTOBIOGRAPHIE (2131)

BAROQUE ET CLASSICISME (2172)

LA BIOGRAPHIE (2155)

BROUILLONS D'ÉCRIVAINS
Du manuscrit à l'œuvre (157)

« C'EST À CE PRIX QUE VOUS MANGEZ DU SUCRE... » Les discours sur l'esclavage d'Aristote à Césaire (187)

CEUX DE VERDUN
Les écrivains et la Grande Guerre (134)

LES CHEVALIERS DU MOYEN ÂGE (2138)

CONTES DE L'ÉGYPTE ANCIENNE (2119)

CONTES DE SORCIÈRES (331)

LE CRIME N'EST JAMAIS PARFAIT
Nouvelles policières 1 (163)

DE L'ÉDUCATION
Apprendre et transmettre de Rabelais à Pennac (137)

LE DÉTOUR (334)

DES FEMMES (2217)

FAIRE VOIR : QUOI, COMMENT, POUR QUOI ? (320)

FÉES, OGRES ET LUTINS
Contes merveilleux 2 (2219)

LA FÊTE (259)

GÉNÉRATION(S) (347)

LES GRANDES HEURES DE ROME (2147)

L'HUMANISME ET LA RENAISSANCE (165)

IL ÉTAIT UNE FOIS
Contes merveilleux 1 (219)

LES LUMIÈRES (158)

LES MÉTAMORPHOSES D'ULYSSE
Réécritures de L'*Odyssée* (2167)

MONSTRES ET CHIMÈRES (2191)

MYTHES ET DIEUX DE L'OLYMPE (2127)

NOIRE SÉRIE...
Nouvelles policières 2 (222)

NOUVELLES DE FANTASY 1 (316)

NOUVELLES FANTASTIQUES 1
Comment Wang-Fô fut sauvé et autres récits (80)

NOUVELLES FANTASTIQUES 2
Je suis d'ailleurs et autres récits (235)

ON N'EST PAS SÉRIEUX QUAND ON A QUINZE ANS Adolescence et littérature (156)

PAROLES DE LA SHOAH (2129)

LA PEINE DE MORT
De Voltaire à Badinter (122)

POÈMES DE LA RENAISSANCE (72)

POÉSIE ET LYRISME (173)

LE PORTRAIT (2205)

RACONTER, SÉDUIRE, CONVAINCRE
Lettres des XVIIe et XVIIIe siècles (2079)

RÉALISME ET NATURALISME (2159)

RÉCITS POUR AUJOURD'HUI
17 fables et apologues contemporains (345)

RISQUE ET PROGRÈS (258)

ROBINSONNADES
De Defoe à Tournier (2130)

LE ROMANTISME (2162)

SCÈNES DE LA VIE CONJUGALE
Le couple au théâtre, de Shakespeare à Yasmina Reza (328)

LE SURRÉALISME (152)

LA TÉLÉ NOUS REND FOUS ! (2221)

LES TEXTES FONDATEURS (340)

TROIS CONTES PHILOSOPHIQUES (311)
Diderot, Saint-Lambert, Voltaire

TROIS NOUVELLES NATURALISTES (2198)
Huysmans, Maupassant, Zola

VIVRE AU TEMPS DES ROMAINS (2184)

VOYAGES EN BOHÈME (39)
Baudelaire, Rimbaud, Verlaine

Création maquette intérieure :
Sarbacane Design.

Composition : IGS-CP.
N° d'édition : L.01EHRN000203.C002
Dépôt légal : septembre 2007
Imprimé en Espagne par Novoprint (Barcelone)